I0625169

Jean Béhue

Belle de Compostelle

ISBN : 978-2-9548345-6-6

Droits d'auteur © 2019 Jean Béhue
Tous droits réservés

Elle était belle. Très belle. C'était même son métier. Et son chemin était toujours le même. Faire un petit tour, faire le tour du monde, et recommencer. Sans arrêt. Sans jamais cesser d'être belle. Belle d'entre les belles. Jusqu'à en oublier tout le monde. Jusqu'à s'oublier elle-même.

Et puis, un jour, elle se retrouva sur le chemin. En marche vers Compostelle...

1.

Le premier jour, Nikki débarqua à deux doigts de perdre sa beauté. Elle était fatiguée, elle avait chaud et la sueur commençait à couler, qui menaçait de la révéler au grand jour. Fuyant le soleil et la lumière, elle plongea dans un taxi et commanda au chauffeur de fermer sa fenêtre et de mettre la climatisation à fond. Elle montra l'adresse sur son téléphone, glissa du regard sur l'extérieur et, instinctivement, rajusta son image. Elle replongea dans son écran puis, rapidement, reprit ses affaires en main, d'un pouce de fer. Fière d'être une femme, une beauté fatale. Fière de ne rien céder, ni à ses amis ni à ses amants. Ni à ses parents, ni à des enfants.

Pendant le trajet, le chauffeur de taxi, déjà ridé mais loin d'être fatigué, se hasarda à échanger, à jouer, à partager sa joie de vivre. Il désigna à Nikki le petit rio traversant la ville, le jardin luxuriant le bordant, la citadelle que l'on peut apercevoir, en haut, sur la colline, la magistrale porte sculptée, là, sur la droite, qui marque encore la frontière de l'ancienne cité, et puis, là, à gauche… Mais Nikki ne répondait pas. Plutôt que de se détendre, elle se tendait de plus en plus. Elle releva soudain le nez et lança un regard noir dans le rétroviseur. C'était sans ambiguïtés. Le chauffeur se tut, rentra son amitié et se contenta de faire son métier, en reposant son regard sur la route. Sur la vie.

Agacée, Nikki commença à viser son amie en pensée. Elle avait intérêt à être prête. Elle l'avait prévenue : elle faisait régulièrement de l'exercice. Tous les matins, sauf exception. Elle courait jusqu'à sentir son corps s'épuiser, sa force se vider, son énergie se réveiller. Puis, elle s'étirait. Jusqu'aux limites de la douleur. Alors elle était prête à conquérir la journée, à mener la bataille contre tous ceux qui se présentaient sur son chemin. C'est pour ça qu'elle avait accepté : le chemin de Compostelle, ce serait comme une grande course, une longue randonnée. Pour s'épuiser, se vider, décompresser. Et repartir à l'attaque. Marie en avait ri. Mais Nikki ne plaisantait pas. Elles s'étaient mises d'accord.

Arrivé auprès de la plaza Mayor, le chauffeur de taxi s'arrêta et se contenta de lui indiquer le prix de la course. Nikki releva le nez, regarda dehors et vit qu'elle n'était pas à l'adresse. Le chauffeur lui indiqua que c'était une rue piétonne, et qu'il ne pouvait pas aller plus loin. A vrai dire, il aurait pu passer par quelques rues pour la rapprocher. C'est ce qu'il faisait d'habitude. Pour les autres. Après avoir échangé quelques mots. Échangé quelques sourires et quelques rires. Nikki n'avait pas le choix. Elle paya et descendit. Elle prit son sac et se prit le pied dans la bandoulière qui traînait. Se retrouva un instant comme un pantin désarticulé. Elle lâcha un juron et accusa son sac. Il y eut peut-être des rires, et puis la voiture repartit. Elle chercha un coupable du regard, sans le trouver.

C'est dans cet état d'esprit qu'elle franchit l'une des portes de la plaza Mayor, et qu'elle s'offrit à la vue des terrasses, la beauté étincelante. La beauté tranchante. Il y avait là des visiteurs en nombre, vêtus de T-shirts et de shorts, de grosses chaussures et de grandes chaussettes et, déjà, de plus en plus d'habitués. Vêtus de couleurs discrètes et, souvent soignés. Allant retrouver leurs proches et leurs amis un peu comme on se rend à une cérémonie. Pas en travailleur, pas en pantin de la société, plutôt en individu nu et épanoui, prêt à distribuer et à recevoir du bonheur. Rien de plus normal. Car, en Espagne, à partir d'une certaine heure, la convivialité, c'est sacré.

Arrêtée, le regard concentré sur son écran, Nikki s'offrait en spectacle et, de nombreux regards étaient déjà aimantés, qui commençaient à se demander qui elle était. Jouaient à deviner quelle sorte de personne avait débarqué. S'amusaient à deviner ce que son gros sac pouvait bien contenir. Sans doute un gros pull polaire, des T-shirt de compétition, un bonnet en nylon, plusieurs paires de chaussettes, un ou deux pantalons, un ou deux shorts. Et puis du shampooing, à coup sûr un après-shampooing. Parce qu'elle le vaut bien ! Une grosse serviette, évidemment. Des tongs. De la crème solaire. Quoique, elle serait capable d'avoir oublié ! Et puis une grosse trousse à pharmacie, une grosse gourde, un gobelet, des couverts, des barres vitaminées, oh oui, plein de barres vitaminées, des mouchoirs, un couteau, une boussole, un appareil photo. Qui vaut un million. Et, ah oui, ça c'est sûr, des produits de beauté. Plein de produits de beauté. Et même, sans doute, de quoi se donner. Se donner sans risque et sans arrière pensée. En gardant le contrôle. En gardant le pouvoir.

Son sac était trop gros, évidemment. Tout le monde pouvait le deviner. On pouvait bien s'en moquer. Mais pour celui qui avait déjà beaucoup marché, il y avait plutôt de quoi méditer. Car c'est souvent ainsi.

On prépare son sac comme on prépare un sac de voyage. Instinctivement, on prépare un sac pour rentrer. Pour rentrer sain et sauf. Pas pour partir. Pas pour se laisser partir. Nikki ne faisait pas exception. Elle était comme beaucoup. Presque tous, en fait. Elle avait peur. Peur d'être mouillée, peur d'attraper froid, peur d'attraper des coups de soleil. Peur de se déshydrater, peur de mourir de soif, peur de mourir de faim. Peur des moustiques et des serpents. Peur des mauvaises rencontres, des agresseurs, peur des belles rencontres, des maladies. Peur de dégouliner, peur d'enfler, peur de souffrir. Peur d'avoir mal aux pieds, peur d'avoir mal au dos, peur de perdre en beauté. Peur de se laisser aller, peur de s'abandonner. Peur qu'on l'abandonne. Peur de se perdre. Peur de se trouver.

Puis Nikki releva la tête et repartit d'un pas décidé, sans même prêter attention aux splendeurs de la grande place. Elle arriva face à la cathédrale, jeta un regard englobant, pour se situer, ne vit rien et reprit sa marche. En jetant des coups d'œil réguliers à son téléphone, à sa carte. Elle finit par arriver devant la grande porte en bois d'une imposante bâtisse en pierre et, voyant deux autres voyageurs entrer, elle les suivit, rassurée d'être au bon endroit. Elle jeta des regards autour d'elle, sur les murs nus, vers les hauts plafonds et les grandes lampes en fer forgé, et elle fut soudain détournée par les odeurs. Ceux qui la précédaient dégageaient une intense odeur de sueur et, derrière, un autre venait d'arriver qui sentait encore plus fort. Nikki ne put se retenir de faire une petite grimace. Mais elle en avait vu d'autres. Son tour arriva finalement et elle se présenta en anglais en disant qu'elle avait une réservation.

La vieille femme qui l'accueillit paraissait dubitative. Mais elle prit son passeport et vérifia. Puis, sans autre commentaire, elle lui demanda sa « credencial ». Nikki ne comprit pas. La dame insista, et sa collègue s'arrêta de plier des draps pour, elle aussi, la regarder. Croyant que ce n'était pas important, elle demanda où était sa chambre. Les deux vieilles dames se firent soudain suspicieuses. C'est à ce moment-là que la personne qui suivait Nikki intervint. Il demanda à Nikki si elle avait sa « credencial » et, comprenant que non, lui demanda si elle était là pour faire le chemin de Compostelle. Nikki lui répondit que oui, qu'elle et son amie avaient bien prévu de faire de la randonnée sur le chemin. Alors il arrangea la situation, et on tendit à Nikki un petit carnet tamponné, en lui indiquant que c'était au dernier étage. Et surtout, qu'il fallait enlever ses chaussures au rez-de-chaussée. Les deux femmes insistaient. Puis, quand elles furent assurées que Nikki avait bien compris, elles détournèrent le regard et accueillirent le visiteur suivant.

Tandis qu'elle enlevait ses chaussures comme elle avait l'habitude de le faire à la salle de gym, sans parler à quiconque, une voix l'interpella : « Nikki ! Hey ! Nikki !... » C'était Marie qui se précipitait vers son amie, un grand sourire aux lèvres. Manifestement ravie de retrouver son amie. Nikki la laissa approcher, enveloppa du regard sa silhouette un peu enveloppée, et ne put s'empêcher de laisser échapper une imperceptible moue. Puis, aussitôt, elle lui offrit un sourire de circonstance. Marie, elle, la prit chaleureusement dans les bras et l'enveloppa entièrement, jusqu'à ce que Nikki ne la repousse légèrement par les bras. Marie poursuivit : « Ah, que je suis heureuse ! Tu es si belle ma Nikki ! » Alors Nikki commença à s'ouvrir et elle avoua de but en blanc qu'elle était fatiguée, qu'elle avait soif, qu'elle avait besoin de se rafraîchir, de se reposer. Sur ce, Marie prit son sac en main et lui dit de la suivre en grimpant, plus joyeuse que jamais, les grands escaliers de pierre couleur sable.

Arrivées en haut, Marie se retourna avec un grand sourire et annonça : « voilà, c'est là ! » Et Nikki, ne voyant que deux matelas posés sur un lit à étage, resta un instant interdite, en commençant à angoisser. « Une vraie couche de pèlerin » lâcha Marie, qui avait elle-même été un peu surprise mais s'en était finalement amusée. « Il n'y a pas de draps ? » questionna aussitôt Nikki. « Non, juste une couverture ». « Mais c'est pas possible... » finit par dire Nikki, qui commençait à se le répéter, sous le regard expectatif de Marie. « Tu peux peut-être leur demander si elles en ont ? » hasarda Marie. Et alors, ni une ni deux, les deux amies redescendirent en mission. Mission dont l'issue fut un non. Nikki paraissait de plus en plus désemparée, redoutant déjà de ne pas pouvoir dormir. Elle envisageait déjà de chercher un autre endroit pour dormir. Un hôtel. Un vrai. Elle en avait vu plusieurs en arrivant. Marie, qui voyait son amie de plus en plus désemparée lui offrit son sac de couchage, en lui disant qu'elle allait se débrouiller. Mais Nikki refusa. Non, il fallait aller voir dans les autres hôtels. Voir s'il n'y avait pas de vraies chambres de disponibles.

Et ainsi Marie fut-elle embarquée à la suite de son amie, à la recherche d'un hôtel dans les ruelles de la ville. Et chaque fois, un petit panonceau était accroché à la porte, qui annonçait « complet ». La nuit commençait à tomber et Marie, qui voulait ramener son amie vers le bon côté des choses, lui proposa d'aller plutôt visiter la cathédrale. Avant qu'elle ne ferme. Marie, qui avait attendu son amie pour partager ce moment avec elle, en rêvait depuis plusieurs heures. Mais, bientôt, il fut trop tard pour envisager d'admirer la cathédrale autrement que de l'extérieur, trop tard pour envisager de dormir ailleurs qu'à l'endroit où elles avaient laissé leur sac. Marie répéta à Nikki qu'elle lui offrait de lui prêter son sac de couchage, qu'elle se débrouillerait. Et alors, Nikki dut s'y résoudre, et accepta. A contrecœur. Alors Marie, bien décidée à ne pas laisser la soirée mal tourner, reprit l'initiative et lui proposa joyeusement de s'arrêter à l'une de ces terrasses éphémères qui avaient fleuri sur le trottoir. L'une de ces terrasses où ceux qui avaient marché toute la journée étaient depuis longtemps assis en semblant les inviter. En attendant d'aller s'allonger, de dormir et de recommencer à marcher.

Devant elles, un homme, certainement un habitué, se tenait debout, le bras accoudé à un comptoir, jetant de temps en temps un regard à sa petite fille chérie qui jouait avec le chien du quartier. Elle lui envoyait un petit bâton et, le gros chien, qui était déjà vieux, le regardait tomber sans bouger. Mais elle recommençait, bien décidée à faire bouger son vieux compagnon, en lui désignant le bâton du bout du doigt, allant se poster auprès du bâton, et l'appelant sans relâche. Alors le vieux chien finissait par se lever, par aller à la rencontre de la petite fille, se laissait caresser, faisait un ou deux tours et s'en retournait se poser à l'endroit d'où il venait. La scène, qui se répéta deux ou trois fois, fit rire Marie. La fit rire comme une enfant. Marie regardait Nikki les yeux pétillants, sans se priver de lui communiquer sa joie. Mais Nikki avait du mal à rire. Finalement, elle esquissa un sourire et, toisant légèrement Marie, lui jeta : « T'es vraiment une gamine ». Marie ne s'en offusqua pas et lui répondit du tac au tac : « Ben oui, toi pas ? » Et Nikki répondit simplement : « Non ».

Puis deux beaux Espagnols passèrent devant leur table, qui les saluèrent avec emphase, prêts à s'arrêter et à s'asseoir à la moindre invitation. Marie sourit, légèrement émoustillée, et regarda Nikki prête à ouvrir leur table. Mais Nikki répliqua sans ménagement : « Oh non pitié ! Ici aussi ! » Le message était clair. Pour Marie comme pour les deux passants qui, sans perdre leur entrain, disparurent vers la plaza Mayor en lançant aux autres passants « La vida es sueno ». Marie ne put s'empêcher de rire. Nikki l'ignora et but une gorgée. Elle commençait à se demander comment la semaine allait tourner. Se demandant ce qu'elle faisait là plutôt que dans un bel hôtel, au bord d'une belle plage. Se demandant si elle ne devrait pas repartir dès le lendemain matin. En trouvant un quelconque prétexte. Et puis la conversation reprit sur le thème du lendemain, de l'épreuve qui les attendait, et cette idée, un peu radicale, s'évapora. Le défi sportif reprit le dessus et Nikki reprit le dessus sur Marie.

La ville était plus que jamais animée par les habitués quand Nikki et Marie rejoignirent leur dortoir. On entendait déjà des ronflements d'un peu tous les côtés, et les odeurs commençaient à macérer. De la vapeur continuait de s'échapper des douches, où certains s'affairaient encore discrètement. Dans la pénombre d'un dortoir déjà éteint, offert à la faible clarté de la nuit. Marie donna son sac à Nikki qui, n'y voyant rien, eut le réflexe d'appuyer sur l'interrupteur à coté d'elle. Et alors tout le dortoir commença à clignoter de ses tubes de néon. Un ou deux grognements s'échappèrent brusquement, qui firent aussitôt réagir Marie, qui éteignit la lumière. Amusée par l'erreur de son amie, elle lui chuchota d'allumer sa lampe pour ne déranger personne. Cela parut gêner Nikki, qui s'y résigna malgré tout. Elle prépara son lit, observa Marie qui s'habillait de deux épaisseurs pour dormir sans draps sous la couverture, et s'en alla sans rien dire du côté des douches.

Après une longue douche chaude, Nikki ressortit, et passa encore un long moment devant le miroir, tandis que le reste du dortoir était déjà endormi. Plus personne n'était debout. Elle sortit ses instruments de beauté et commença à se nettoyer le visage, à l'ausculter et à se frotter énergiquement, d'un produit blanc immaculé. Puis, satisfaite, elle passa un peu de temps sur son téléphone, à consulter des messages, à en envoyer, à rire toute seule devant son écran. Alors, elle n'eut plus rien à dire, plus rien à échanger. Elle n'avait plus qu'à aller se coucher. Elle laissa la porte claquer derrière elle, ralluma la lumière de son téléphone, et rejoignit son lit. Au-dessus, Marie était déjà endormie. Mais, elles n'avaient pas décidé à quelle heure elles se lèveraient. Nikki hésita puis se décida à la secouer légèrement par l'épaule, à l'interpeller, à la questionner. Marie, déjà partie pour rêver, répondit qu'elle ne savait pas, qu'elles verraient bien demain. Finalement, Nikki décida et Marie acquiesça. D'une petite voix, déjà rendormie.

Nikki s'installa dans le sac de couchage de Marie, non sans difficultés. S'agitant et se retournant dans tous les sens, incapable de trouver une position confortable. De plus en plus énervée, elle lança un ou deux jurons et se mit à fouiller dans son sac, de façon frénétique, sans prendre garde au bruit qu'elle faisait. Finalement, elle trouva ce qu'elle cherchait. Elle sortit ses écouteurs, les brancha, lança sa piste de chansons et, progressivement, se calma. Les yeux fermés, envoûtée par les paroles de ses chanteurs et de ses chanteuses préférés, envoûtée par un même rythme entêtant. Prisonnière d'un rythme s'imposant à son rythme biologique. Prisonnière d'une vie qui l'avait depuis bien des années déjà entraînée loin de sa nature biologique. Loin de sa nature humaine. Loin de son identité.

2.

Le deuxième jour, Nikki se réveilla en se plaignant d'avoir mal dormi, et elle alla se doucher. « Tant qu'il y a encore de l'eau chaude. » Marie, elle, déclara qu'elle allait juste se « débarbouiller ». Elle se doucherait plutôt en fin de journée. Nikki en fut surprise, et lui proposa plusieurs fois de profiter des douches libres. De profiter de l'eau chaude. Puis, prenant ses affaires propres, elle lança à qui veut l'entendre : « en tout cas, moi, j'ai besoin d'être propre. Sinon, je ne me sens pas belle. » Et elle disparut vers les douches.

Marie était en train de plier son sac de couchage et d'échanger quelques mots avec ceux qui, à côté d'elle, faisaient de même, quand Nikki réapparut, en arborant un nouveau T-shirt. Marie releva le nez et, lisant l'inscription qui s'affichait en grand, ne put s'empêcher de lâcher un grand rire de stupéfaction, que ses voisines accompagnèrent en sourdine. « Tu vas mettre ça, vraiment ? » Et Nikki de répondre sans se démonter : « C'est fait exprès. Comme ça, je serai tranquille. On nous fichera la paix. » Elle le trouvait tout à fait de circonstance. Elle avait souri avant même de le porter, juste à l'idée de l'arborer. Juste à l'idée d'envoyer à tous ceux qu'elle croiserait un grand « Go away ».

Mais Nikki était déjà repartie, comme si de rien n'était. Encore médusées, Marie et ses complices préférèrent bientôt en rire plutôt que de s'en offusquer. « Le chemin va lui faire du bien » lança un homme au visage déjà buriné par plusieurs jours de marche. « Oui, c'est sûr », répliquèrent les autres. En attendant, Nikki était installée devant le grand miroir commun et sortait ses instruments de beauté sans prêter attention à tous les regards incrédules qui se posaient sur elle. Et, un produit après l'autre, elle redessina son visage. Ressuscita son image. Puis, enfin satisfaite, elle consulta son téléphone, vérifia que son monde continuait d'exister et, en retour, informa le monde qu'elle continuait d'exister. L'ego rassuré, elle fut enfin prête à se lancer. Et elle déclara qu'il était temps d'aller prendre un « bon café ».

Plus les étapes du matin se multipliaient et plus l'auberge se vidait. Les pèlerins quittant le nid ragaillardis, comme une série de petits pantins fraîchement assemblés. Prêts à l'emploi. A nouveau lancés sur le grand chemin du destin. Marie avait bien envie de leur emboîter le pas, de leur dire « Attendez-nous ! » Mais Nikki avait besoin d'un café. Et son besoin primaire primait. Décidément, elle n'avait pas changé. Toujours la même, pensait Marie avec une tendre indulgence. Après tout, rien ne pressait. S'adaptant au programme, elle en profita pour acheter quelques fruits frais disposés dans la corbeille posée sur le comptoir du café. Et finalement, toutes deux s'en allèrent.

Le ciel n'était pas encore bleu, mais les rayons du soleil s'infiltraient déjà jusque dans les recoins les plus sombres. La journée allait être belle. Il allait faire chaud. De nombreux pèlerins continuaient de se mettre en route, d'un pas toutefois de moins en moins pressé. Nikki et Marie étaient bien décidées à ne pas perdre de temps, à se lancer avec énergie, pour enfin entrer dans l'aventure que l'une avait programmée, que l'autre avait rêvée. D'un pas décidé, elles remontèrent petit à petit la caravane des pèlerins jusqu'à ne plus voir dans la rue personne devant elles. Nikki était heureuse d'avoir enfin le champ libre. La journée de randonnée pouvait commencer. En avant la gym !

Soudain, une femme un peu pressée, qui allait vraisemblablement travailler, les interpella depuis le trottoir d'en face. Elle leur fit signe en indiquant un croisement qu'elles avaient dépassé. Elles comprirent qu'elles avaient manqué le chemin. Marie la remercia. La femme lui sourit en levant la main et reprit sa route, heureuse de les avoir aidées. Nikki suivit. Et puis rapidement, elle pesta contre les indications. « Vraiment pas claires, invisibles… illisibles même ! Ils pourraient faire un effort… avec le nombre de randonneurs qu'on est... » Et c'est vrai. Il faut avoir l'œil bien attentif pour voir par-terre, sur le recoin d'une pierre ou même en l'air, cette petite flèche jaune qui, de temps en temps, vous fait un clin d'œil.

Bientôt, il n'y eut plus moyen de se perdre ; il n'y avait plus qu'un chemin bifurquant aux croisements, un sillon de terre traversant les champs, un filon de poussière serpentant dans les collines. A chaque kilomètre, l'humanité s'évaporait laissant la place au désert humain. A la nature. Et, de plus en plus, Nikki s'accrochait à son téléphone. Profitant du réveil des membres de sa tribu pour multiplier les communications. N'hésitant pas à s'arrêter un instant et à poser, pour envoyer son image voyager et briller autour de la terre. S'amusant avec les siens, toute seule au milieu de rien. Tandis que Marie relevait petit à petit le regard sur l'horizon.

C'est alors que Nikki tomba sur une inscription, qui la fit rire au point de prendre Marie à témoin. Sur un morceau de mur, sous un pont, en lettres blanches s'étalait en grand : « Il est avec toi » Marie rit aussi. Oui, c'était drôle. Mais, en même temps, c'était enfin le signe qu'elles étaient lancées. Que l'aventure commençait. C'est pourquoi, quand Nikki commença à la héler pour lui lire à haute voix d'autres inscriptions, en les reprenant avec une emphase moqueuse, elle se referma. Petit à petit. Pour Nikki, peu importe. Elle pouvait toujours en rire avec ses amies, qui l'encourageaient à distance dans son spectacle. Dans son show. Lui écrivaient qu'elles l'avaient prévenue. Que c'était une randonnée pour les illuminés.

« Juste le nécessaire », « Ne pas avoir. Être », « La destination, c'est toi », « L'amour est la réponse », « Jusqu'au bout du chemin. Jusqu'au bout de toi ». Toutes ces apories pouvaient bien paraître risibles. Mais, pour celui qui était déjà pleinement engagé dans la marche, et n'hésitait pas à s'envelopper de sa solitude pour mieux s'ouvrir, elles invitaient déjà à se laisser aller et à se libérer. Il faut faire du chemin, marcher et mâcher pour les éprouver dans toute leur vérité, mais, oui, pour un certain nombre, elles sonnaient déjà vrai. Alors que, déjà, elles révélaient une partie de leur pouvoir, laissant à celui qui marche dans la solitude de son chemin le témoignage à la fois grave et léger d'autres êtres humains. D'autres semblables. Le témoignage d'une communauté primordiale.

Puis le signal téléphonique disparut et Nikki dût se résigner à glisser son téléphone dans sa poche. Non sans avoir pesté quant à la qualité du réseau téléphonique. Non sans avoir pris de nombreuses photos en compensation. Puis, elle reprit attention à Marie et commença à lui parler. Mais le poids de l'effort commençait à lui peser. La salive, à lui manquer. Et elle poursuivit sans parler. Son sac la gênait de plus en plus, elle ne cessait de se débattre sous son poids. Puis, ce furent ses chaussures, qu'elle délaça et qu'elle relaça. Et puis ce fut sa peau, qui se mit à chauffer. Alors, dans un rituel de plus en plus régulier, elle se mit à s'asperger de crème, à ajuster sa casquette et à boire une gorgée d'eau. Manifestement inquiète. Inquiète pour sa beauté.

Chaque minute paraissait de plus en plus longue, et le regard de Nikki commençait à s'accrocher à l'horizon, à se fixer un but pour continuer d'avancer. Pour remplir de sens sa lente déambulation. Nikki n'avait jamais manqué de volonté. C'est d'ailleurs une qualité qu'on lui reconnaissait souvent. Aussi, c'est bien naturellement qu'elle plongea en elle de ce côté-là pour puiser toute l'énergie qui lui devenait nécessaire à chaque pas. Mais cela ne l'empêchait pas de regarder de plus en plus souvent sa montre, attendant avec une impatience grandissante le moment de s'arrêter. Le moment de manger. L'heure à laquelle on mange. D'habitude.

Un panneau surgit de rien, qui annonçait de quoi se restaurer un peu plus loin. Pour Nikki, c'était le signal. Elles allaient enfin pouvoir s'arrêter. En apercevant le lieu sans charme et déjà bien peuplé, Marie proposa plutôt d'acheter une ou deux choses, au besoin, et d'aller se poser un peu plus loin, au bord de la petite rivière par exemple. Mais, déjà prise dans les filets de la publicité, Nikki ne rêvait plus que d'une chaise sous un parasol, et d'une bonne salade avec boisson fraîche. Et même, pourquoi pas, d'une glace. Elles avaient brûlé des milliers de calories et le menu était tout compris. Il n'y avait pas de raison de se compliquer la vie. Autant faire au plus simple. Cette remarque fit rire Marie. Nikki lui demanda pourquoi elle riait. Marie se contenta de soupirer « Tu n'as pas changé... » Nikki ne comprit pas. Mais elle n'avait plus la force d'essayer de comprendre. Elle s'assit.

Les conversations faisaient des bonds entre les tables. Mais Nikki les ignorait, et ceux qui en auraient douté voyaient bien sur son T-shirt qu'il n'était pas question d'essayer. Personne ne les dérangea. Il y a des gens comme ça. Tout le monde a son histoire. Et tous ceux qui étaient assis le respectaient. Nikki relança Marie, et lui demanda en quoi elle n'avait pas changé. Alors Marie raviva de vieux souvenirs. D'abord pour justifier son rire, et puis, petit à petit, pour raviver leur amitié. « Tu te souviens ? » lançait-elle, les yeux pétillants. Et Nikki, presque automatiquement, de répondre « Non ». Sauf une fois où elle répondit : « J'avais complètement oublié. Tout ça, c'est du passé pour moi. » Autrement dit, « pour moi, ça n'a pas de valeur. » Marie se contenta de sourire. Mais elle était blessée. Évidemment.

Le soleil était au plus haut et, avec la digestion, Nikki semblait écrasée. Pourtant, elle ne ralentissait pas. Au contraire, elle se relançait à chaque personne qui les doublait. La tête rouge et baissée vers le sol, les mains accrochées aux bretelles de son sac, elle s'accrochait. Soufflant sur un rythme cadencé, comme à l'entraînement. Seule, Marie aurait ralenti le rythme. Non pas par manque d'énergie. Mais pour ne pas que l'expérience se consume en efforts et se résume en douleurs. Cependant, elle tenait bon le rythme, trouvant dans l'observation des paysages le réconfort pour s'évader et l'énergie pour avancer.

A un certain moment, Nikki commença à se retourner de plus en plus souvent et à encourager Marie. Elle lui faisait des recommandations sur sa posture, sur sa façon de souffler, sur la nécessité de boire. Bref, sur tout. Ce qui n'avait qu'un don : épuiser Marie. Nerveusement et, par conséquent, physiquement. Mais Marie s'efforçait de rester indulgente : elle avait compris que Nikki agissait ainsi pour s'encourager elle-même. Qu'elle n'était que l'objet détourné de ses encouragements. Et le sachant, elle lui répondait invariablement « Oui, oui. Ne t'inquiète pas pour moi ». Autrement dit, « laisse faire les choses Nikki, laisse-toi aller »

Nikki avait beau garder le rythme, l'horizon défilait en elle de plus en plus lentement. Elle s'épuisait. Son corps le criait. Alors, elle sortit de son sac une barre énergétique, et en tendit une deuxième à Marie. Mais Marie lui répondit simplement que ça allait. Qu'elle allait simplement ralentir un peu le rythme. « Tu peux partir devant si tu veux. Ça ne me dérange pas d'arriver deuxième... »

Par cette remarque anodine, Marie crut qu'elle libérait Nikki, et qu'elle se libérerait elle-même. Mais, plutôt que de poursuivre en avant, Nikki ralentit le rythme aussi. Et elle expliqua aussitôt qu'elle le faisait pour ne pas laisser son amie sur le chemin, pour mieux cacher qu'elle sautait sur cette occasion salutaire. Et alors, poursuivant dans son élan de fausse compassion, elle se mit à faire la leçon à Marie sur le sujet de l'adversité. A raconter à quel point elle n'aurait jamais pu faire sa carrière si elle n'avait pas lutté. A quel point sa vie de beauté et son succès exigeaient des sacrifices de tous les jours.

S'érigeant bientôt en héroïne, Nikki finit par épuiser son autoportrait et par retourner sa verve vers son amie. Ne pouvant plus retenir un instant de plus les pensées qui avaient grandies en elle depuis leurs retrouvailles la veille, et que Marie avait alimentées malgré elle. Par chacune de ses paroles. Par chacun de ses gestes. Par le simple fait d'exister et d'être liées. Elle lui dit, « en toute amitié », qu'elle la trouvait négligée, que tout en elle manifestait le renoncement. Qu'elle vivait dans le passé. Mais qu'il n'était jamais trop tard. Si elle se reprenait, si elle suivait son exemple, elle pouvait encore réaliser ses rêves. Elle pouvait, elle aussi, être belle.

Marie n'était pas comme Nikki. Et ce n'était pas une question de beauté. Elles avaient grandi, avaient fait leur vie, et n'appartenaient plus au même monde. Tout simplement. Et Nikki n'avait pas assez d'amitié pour l'accepter. Depuis qu'elle avait quitté le village de son enfance, elle avait rejoint une tribu auquel elle s'identifiait totalement. Et le reste du monde n'existait pas. Et c'est précisément de là que venait Marie. Et vers là qu'elle menaçait de la renvoyer. Alors tout en elle y résistait. Eut-il fallu qu'elle sorte les armes pour se défendre. Qu'elle sorte les armes contre son amie d'enfance. Sa première amie.

Marie reçut les remarques de Nikki, et en fut blessée. Ce qui n'avait été qu'une série d'encouragements et de conseils dans l'esprit de

Nikki résonnait en elle comme une véritable attaque. Comme un rejet. Marie ne s'y attendait pas, elle qui avait savamment nourri son amitié pour Nikki, et acceptait son amie comme elle était. Nikki avançait et la regardait, en attendant son approbation. Mais Marie ne lui adressa pas un regard et, tout en continuant de marcher, elle lâcha « J'aime ma vie comme elle est. » Puis elle se tût.

Nikki interpréta ce silence comme de la susceptibilité. Comme le nécessaire temps de réflexion après un bon coup de fouet. Alors elle poursuivit son chemin en silence. Prenant à nouveau son téléphone, sortant ses écouteurs, et se branchant sur le rythme de ses chansons préférées. Celles de ses séances de gym. Intérieurement satisfaite de sa bonne action.

La marche dura encore quelques kilomètres. Autant dire une éternité. Et pendant ce temps-là, bien des pensées passèrent dans la tête de chacune des deux. Surtout de Marie. Qui ne cessait de repenser aux paroles de Nikki. D'abord ébranlée, elle fut bientôt révoltée, et puis bientôt déçue. Déçue et enfin peinée. Peinée de voir son amie emprisonnée dans cette façon de penser. Dans cette façon d'être. La voyant lutter. Lutter pour avancer sur le chemin. Lutter pour vivre, pour exister. Alors la compassion s'installa en elle. Et quand Nikki aperçut enfin le village et se retourna vers elle triomphante, elle esquissa un léger sourire. Tout en détournant le regard.

Nikki et Marie avaient beaucoup marché, beaucoup pensé. Elles étaient fatiguées. Physiquement pour l'une. Un peu plus moralement pour l'autre. Elles n'avaient qu'une envie : s'allonger. Elles ouvrirent la porte, et deux lits se découvrirent, un grand et un petit. Une seconde, la perplexité se fit sentir. Et puis Marie déclara à Nikki qu'elle pouvait prendre le grand, que ça ne la dérangeait pas. Ainsi, elle dormirait mieux que la nuit précédente. Soulagée, Nikki souffla et la remercia.

Elles s'allongèrent un instant. Un instant qui aurait pu durer mille ans. Peu importe le matelas, peu importent les plis du gros drap. Puis Nikki trouva la force de se relever, déclara qu'il fallait qu'elle prenne une douche. Un bon moment plus tard, et alors que la vapeur commençait à se répandre sur le bord des vitres, elle revint. « C'est fou, l'eau est déjà tiède. » déclara-t-elle à Marie, sur un ton stupéfait. Marie ne répondit pas. Elle prit à son tour sa douche.

Dans la petite salle à manger, Marie reconnut aussitôt deux jeunes hommes qui les avaient dépassées le matin. Elle n'avait formé aucune pensée mais, c'est vrai, leur sourire l'avait encouragée. Elle proposa à Nikki de les rejoindre pour le repas. Nikki jeta un œil, les évalua, n'y vit aucun intérêt, et déclara : « Je préfère qu'on mange toutes les deux. Je suis fatiguée. Je n'ai vraiment pas envie de parler. » Elle s'était déjà détournée. Le sujet était clos. Marie était trop fatiguée pour lutter. Elle n'insista pas. Elle se contenta de les saluer en sortant de table. Et les deux jeunes hommes lui offrirent à nouveau un beau sourire.

Après dîner, il n'était pas tard. Mais elles étaient épuisées. Nikki tout particulièrement. Elles se couchèrent et Nikki tenta encore une fois de capter le réseau téléphonique. Alors, elle se résigna et éteignit la lumière. Allongée sur le dos, les jambes étalées dans le grand lit, elle se mit à se plaindre de ses multiples douleurs. Marie ne répondit pas et, sans démonstration, se retourna face au mur. Se demandant si ces retrouvailles étaient une bonne idée. Se demandant s'il fallait continuer.

Quelques minutes après, Nikki lança dans le noir : « Marie, tu dors ? »

Marie ne répondit pas.

3.

Le troisième jour, Marie se leva et se prépara, sans faire de bruit. Tandis que Nikki se réveillait, qui inspirait et soufflait bruyamment. Elle était tout endolorie, n'avait plus la force de parler. Elle regarda son téléphone, qui ne captait toujours pas. Frustrée et déjà agacée, elle finit par se lever. Puis, dans une longue complainte, elle prit une douche, changea de vêtements, se recoiffa et se remaquilla. En forçant un peu plus le trait. Pour effacer la fatigue. Pour rester belle. Marie, elle, l'attendait, en mangeant une pomme.

En sortant de l'auberge, les deux jeunes hommes de la veille étaient là, qui se préparaient à partir. Ils saluèrent Marie et Nikki et, comme tous sortaient, ils leur proposèrent de se joindre à eux. Marie répondit oui, aussitôt. Spontanément. Pleine de joie. Comme libérée d'un poids. Et Nikki suivit. Cette fois, elle n'eut pas le choix.

Plus ils marchaient et plus Marie sympathisait, qui souriait et riait, l'ombre de géant en avant. Le soleil levant dans le dos, qui l'incitait à aller de l'avant, à se projeter librement. Nikki, elle, continuait d'avoir mal. Et ne se gênait pas pour le faire comprendre, multipliant ruminations et gémissements.

Pris de compassion, l'un des deux jeunes hommes chercha à faire la conversation. Mais elle n'apprécia pas du tout ce rapprochement. Elle connaissait trop la ruse des hommes secourant une femme en détresse pour mieux forcer ses défenses. Elle voulait qu'il sache qu'elle était et qu'elle restait indifférente. Il comprit et ils continuèrent à marcher, en file indienne.

Nikki en voulait à Marie de la délaisser, de l'abandonner. Surtout, elle ne supportait pas de ne pas être le centre de l'attention. De ne pas être la plus belle. Son orgueil saignait. Et plus son amie riait et rayonnait de joie, et plus elle lui en voulait. Sans vraiment savoir pourquoi. A la merci de la confusion de ses émotions et de ses sentiments.

Au milieu d'un groupe, sur le chemin emprunté par des milliers de personnes chaque année, et encore frais des pas de ceux qui venaient de le fouler, Nikki était seule. De plus en plus seule. Au quotidien, ce n'est rien. Tout est fait pour l'oublier. La vie sociale emporte tous les destins dans son festin. Mais, là, ce jour-là, sa solitude était revenue. Qui retentissait en elle.

Nikki souffrait. De tout son corps. De toute son âme. Et rien ne pouvait l'atténuer. Au contraire. Chaque parole, chaque regard, chaque égard. Tout ne faisait que nourrir sa souffrance. Et chaque pas supplémentaire la faisait saigner encore un peu plus. Forcée de s'affronter elle-même. Forcée d'affronter la distance qui la séparait de son propre bonheur. Alors que jusqu'ici elle avait tout fait pour l'éviter.

La souffrance de Nikki grandit au fil des pas, pour se manifester au cours du repas. Au sommet d'une chaîne de collines, quelques arbres offraient un coin d'ombre et de repos. Marie et ses deux nouveaux amis s'étaient assis sur le rebord d'un muret de pierre, les pieds ballants, le regard jeté vers l'horizon. Pour goûter et savourer le chemin parcouru. Contempler un peu l'horizon. Prendre la mesure de l'immensité du monde et de ses créations.

Nikki arrivait. Quand elle fut à portée, ils firent une remarque légère, pour l'encourager, la soulager. En toute amitié. Et Marie lui lança un vieux surnom affectueux, comme pour l'inviter à repartir du bon pied. L'inviter à la rejoindre, pour faire communauté. Mais Nikki ne répondit pas et, lâchant son gros sac sur trois petites fleurs chétives, elle s'écroula contre le tronc d'un arbre. A quelques pas. La tête tournée de l'autre côté. Le regard perdu dans ses pensées. Déterminée à ne pas pardonner. Comme si quelqu'un avait fauté.

Marie aurait interrogé Nikki, celle-ci l'aurait accusée de l'avoir abandonnée. Mais, à l'écouter sans faire attention aux mots, elle aurait sans doute deviné ce qu'elle lui reprochait vraiment, désormais. Ce que Nikki reprochait à son amie, sans se l'avouer, c'était tout simplement d'être heureuse. Sans elle. D'être appréciée. D'être couronnée belle. Et de l'être même mille fois dans la même journée, à chaque nouveau rire partagé avec les garçons. Alors que, normalement, c'est elle, la belle des belles.

Forcée d'être seule, et attaquée aux racines de son identité, Nikki ignorait désormais ouvertement Marie et ses deux nouveaux amis, se cachant encore plus profondément les raisons de sa souffrance. N'ayant rien d'autre à faire que manger et se reposer, Nikki finit avant les autres. Elle s'ausculta minutieusement, considéra ses douleurs, et puis jugea qu'il était plus important qu'elle s'éloigne d'eux. Elle se leva et reprit son sac en mains.

Tous les trois la regardaient silencieusement en se demandant quoi faire pour lui tendre la main. L'un des garçons lui proposa alors un morceau du fromage qu'il venait de déballer. En temps normal, Nikki aurait dit oui avec gourmandise. Surtout après un effort. Mais elle répondit non. Elle s'adressa à Marie en ignorant royalement les deux garçons pour lui demander de confirmer l'endroit où elles devaient se retrouver pour dormir. Et elle lui donna rendez-vous, en exhumant subitement un vieux surnom méchant. Puis, elle tourna le dos et reprit le chemin. Se cachant derrière ses lunettes noires et ses écouteurs.

Ce jour-là, le soleil brilla encore plus fort que la veille. Et Nikki ne mit pas longtemps avant de suer sang et eau. Mais elle continua d'avancer, sans se relâcher. Sans laisser à son corps le moindre répit. Lui faisant payer le prix. Le prix d'un crime qu'il n'avait jamais commis. Le visage petit à petit défiguré par l'effort, sculpté par la tension. La beauté au bord de l'explosion. Et, toujours, le regard baissé. Plus que jamais baissé. Le cœur plus que jamais oppressé. L'âme plus que jamais vidée.

La suite n'a rien d'étonnant. Nikki manqua une bifurcation et ne s'en rendit compte que quelques kilomètres plus loin, en arrivant au milieu des champs. Au bout du chemin. Sans rien à l'horizon que des kilomètres de prairies brûlées. Sans rien qu'un paysage de damnation. Elle en aurait pleuré. Mais elle ne pleura pas. Les yeux rougis, la rage la fit crier. La fit jurer. En regardant l'horizon. En regardant vers le ciel. A en faire gronder sa voix dans toute la contrée. Au milieu du désert.

Elle ne reçut qu'un écho. Aussitôt effacé. D'un coup de vent. Qui la renvoya brutalement à elle-même. La condamnait définitivement à purger sa peine. A marcher seule. Nikki resta là, comme un point au milieu de l'univers. Le temps de réaliser. Le temps d'affronter sa douleur, et de la surmonter. Mais elle n'avait pas le choix. Elle se retourna, et reprit le chemin en sens inverse. Forcée d'aller puiser des forces qu'elle n'avait pas économisées. Forcée de lutter contre l'abattement moral. Trouvant dans le vide des pensées le seul moyen d'avancer.

Quand elle arriva enfin à la bifurcation, elle reconnut la petite flèche jaune. Elle n'était pas cachée. Elle était bien visible. Elle poursuivit. La journée était déjà bien avancée. Le soleil commençait à se multiplier en mille rayons de mille couleurs. Il n'y avait plus personne sur le chemin. Elle savait maintenant de façon certaine qu'elle n'arriverait pas à rejoindre l'auberge comme prévu. Il fallait avancer, en espérant qu'il serait possible de dormir quelque part. Elle n'avait d'autre choix que de s'en remettre au destin. Elle devait résister. Alors que la peur commençait à monter en elle.

Il n'y avait rien de terrifiant au milieu de ce paysage désert, et pourtant tout alimentait sa peur. Une nappe de terre sur sa droite, qui s'ouvrait en crevasse et menaçait de s'ouvrir sur mille dangers. Sur mille animaux sauvages, sur mille bêtes humaines dégénérées. Un bruissement sur la gauche, au milieu des hautes herbes. Qui indiquait sûrement le passage d'un serpent, annonçait la morsure mortelle. Le vent, rien que le vent. Qui annonçait la nuit fraîche. La nuit noire. Au milieu de rien. Sans eau, sans nourriture. Sans un toit pour s'abriter. Il fallait donc continuer. Cravacher. Cravacher et cravacher. Avant d'être piégée.

Il faisait presque nuit quand Nikki aperçut un clocher se détacher soudain derrière la ligne d'horizon. Pas plus haut que la cime des arbres. Elle aurait dû en être soulagée. Mais c'est la peur qui reprit violemment ses droits. Un arrivant aux portes du village, elle vit une pancarte qui indiquait une auberge. Une vieille pancarte décolorée. Sur le mur d'une maison en ruine. A l'entrée d'une rue déserte. Aux volets fermés. Plongée dans l'obscurité qui ne cessait de l'envelopper.

Elle chercha les vieilles flèches jaunes à demi effacées, et les suivit avec fébrilité. Quand, soudain, elle aperçut une petite lumière. Qui s'agitait par terre. Une petite femme fermait la porte de l'auberge, une lampe à la main. Elle vit Nikki, et s'interrompit, la laissant venir jusqu'à elle. L'accueillant d'un sourire perplexe. L'œil un peu effrayé. Il n'y avait plus de lit disponible. Le dortoir était plein, et tout le monde était déjà parti se coucher. Il aurait fallu réserver. Mais Nikki paraissait désemparée. Elle faisait pitié. Alors le regard de la petite femme s'éclaira, elle ouvrit la porte et fit signe à Nikki de la suivre.

Il y avait là, au fond de la pièce, un canapé. Que la petite femme désigna à Nikki avec un grand sourire. Pour lui faire comprendre qu'elle était sauve. Et, en quelques instants, apparurent une couverture, un verre d'eau fraîche, un morceau de pain et une orange. Nikki n'avait plus la force de réagir. Elle se contenta de lui sourire, en laissant son visage défaillir. Tomber en même temps que la peur. La petite femme la regarda quelques instants en souriant fébrilement. Comme pour couver l'animal blessé qu'on vient de recueillir. Puis, rassurée, elle passa le doigt sur ses lèvres, en l'invitant à ne pas faire de bruit. S'éclipsant en tournant le verrou. Lui disant « A demain ».

Nikki s'écroula sur le canapé, ferma les yeux, et tomba comme paralysée. Incapable de bouger un seul pouce. Les veines du visage gonflées, la peau rougie, les membres raidis. Le repos s'empara d'elle sans qu'elle puisse résister. Elle se laissa emporter et perdit connaissance. Le temps pour son corps de se remettre. Le temps pour son organisme de reprendre le contrôle de la situation. Avant de donner au cerveau la permission de reprendre du service.

Après un long moment, Nikki rouvrit les yeux au milieu de la pièce vide. Une pensée commençait à se former qui, aussitôt, fut court-circuitée par le besoin de boire et de manger. De combler le vide par la première des nécessités. Puis lui vint le besoin d'enlever ses chaussures, de se soulager. De laisser aller toutes les douleurs. Enfin, et après plus longtemps, le besoin de se doucher. Mais la salle d'eau était en haut, dans le dortoir fermé. Derrière la barrière des ronflements.

Alors Nikki ne chercha pas plus loin. Elle remplit sa bouteille et s'aspergea au-dessus de l'évier. Puis, elle éteignit la lumière et se coucha sans se déshabiller. Laissant remonter ses émotions et ses sentiments, qui bientôt se mirent à rejouer l'histoire de la journée. A distiller sa souffrance et sa détresse. Pour faire bouillir la haine. Les yeux fixant le noir profond, elle se mit à maudire ses blessures, à maudire cette idée de randonnée, à maudire tous ces pèlerins et leur lamentable entrain. A maudire son hôte. Cette hôte si charitable. Si détestable ! A maudire son amie. Son maudit bonheur !

Et puis la haine ne trouva plus rien ni personne à sa portée. Il ne resta plus rien. Plus rien que sa vie. Sa vie à l'état brut.

Elle était belle. Oui, elle le savait. On n'arrêtait pas de le lui répéter. Mais, au fond d'elle, elle sentait venir le jour où elle finirait à la poubelle. Comme tant d'autres avant elle. Comme tant d'autres après elle. Tout en elle le savait. Tout en elle le criait. Et ce qui tous les jours était si facile à oublier, si facile à dissimuler, là se révélait. Le maquillage dégoulinait. Autour de son âme égarée. Le long de son cœur fatigué. Si jeune et pourtant si vieille. Sentant la mort rôder. L'immortalité lui échapper.

Ouverte à la lumière, un souvenir s'infiltra dans ses pensées. Le souvenir de cet homme qui l'avait faite trembler, vaciller, tout oser et tout aimer. Cet amour avec qui elle avait dansé dans l'éternité. Cet homme qu'elle avait aussitôt rayé de sa vie. Pour aussitôt le remplacer. Cet homme qu'elle n'avait jamais su oublier. Cet amour qui lui avait laissé le choix. Sans se retourner.

Alors ce fut le point de rupture. D'un coup, le mensonge de sa vie éclata. La tension nerveuse se libéra. Et elle pleura. Sans pouvoir se retenir. Le visage tendu de tous ses plis. La beauté labourée par le désespoir. Des larmes plein les lèvres. Cachée

sous la couverture. De peur d'être entendue. De peur
d'être vue. De peur d'être.

Et le sommeil l'envahit.

Son visage se détendit.

4.

Le quatrième jour, Nikki fut réveillée par des murmures. Par des voix. Quatre hommes étaient sur le départ. Qui s'efforçaient de ne pas la réveiller, tout en guettant avec amusement le moment où elle ouvrirait les yeux. Elle fit un mouvement, et tous les regards se fixèrent sur elle, qui l'invitaient à parler. Elle n'avait pas le choix, elle leur adressa un timide « Hi ». Sur ce, les quatre gars lui répondirent aussitôt en chœur.

Nikki était toute décoiffée, le maquillage défait, les traits tirés, relevés de pigments rouges. Écarlates. Ça les amusait. Souffrir, dormir ici et là, à l'abri ou au clair de lune, ça fait partie de l'aventure. Ils se préparaient à partir. Et tous n'attendaient qu'une seule chose : qu'elle se joigne à eux. Mais Nikki repoussait leurs avances. Ils insistaient. Elle finit par expliquer qu'elle devait rentrer, qu'on l'attendait. Ils devinrent intrigués. Ils se doutaient qu'elle se décourageait.

Alors, les quatre gars ne parlèrent plus que d'une voix, et soufflèrent vers elle tous leurs encouragements. Soufflèrent comme un seul homme sur les braises de sa volonté. Ils n'allaient pas la laisser là. Hors de question. On ne laisse personne en chemin. Et puis, d'ailleurs, finirent-ils par sourire, il n'y a pas d'autre choix. Dans ce *pueblo*, on se trouve au milieu de rien. La seule façon de quitter le chemin, c'est de pousser un peu plus loin. La seule façon d'en finir, c'est de continuer.

Ce matin-là, Nikki fit une rapide toilette. S'aspergeant rapidement d'eau tiède. Se sentant plus que jamais revigorée. Lavée. Se coiffant rapidement, se maquillant encore plus rapidement. Comme un jour normal, un jour de défilé. Sans même prendre le temps de s'admirer. Sans sortir son téléphone. Qui l'aurait dévoilée à ses amies et l'aurait trahie. Saisissant de bon cœur les fruits qu'on lui tendait. La bouteille qu'on avait remplie pour elle. Prête à repartir sur le chemin avec ses nouveaux compagnons du matin.

Le chemin se mit à dérouler, les paysages à défiler et le silence à régner. Alimenté par quelques sourires échangés, par quelques impressions partagées. Ensemble sans prier, ils se mirent bientôt à communier. A se nourrir les uns les autres par le simple fait d'être ensemble et d'avancer dans la même direction. Par le simple fait de se reconnaître. Saisissant chaque occasion de partager leur joie. Saluant tout le monde sur leur chemin. Saluant les uns d'un joyeux « Buen camino ! » Saluant les autres d'un non moins joyeux « Buen dia ! »

Nikki se joignit au jeu. Et bientôt, elle y joignit sa voix. Poussant l'entrain jusqu'à saluer un chat, un chien, et même un âne. Pour le plus grand bonheur des quatre marcheurs qui voyaient là se ranimer son moteur intérieur. L'un d'eux en profita soudain pour l'interpeller, pour lui dire d'arrêter un instant. Nikki s'arrêta. Et il lui demanda d'essayer de respirer. Elle ne comprit pas. Alors, sans autre explication, il posa son sac à terre, pivota vers l'horizon, la tête haute, fermant les yeux et laissant retomber ses bras, et il se mit à inspirer lentement et profondément. « Fais comme moi » lui dit-il doucement.

Les trois autres lui sourirent et se mirent à faire de même. Nikki hésita un instant et, se sentant en confiance, s'abandonna. D'abord, elle n'entendit plus que le bruit. L'écoulement du vent. L'écoulement du temps. La grande danse des éléments. Le souffle qui traverse les paysages et caresse chaque visage. Puis elle sentit quelques mèches l'effleurer, quelques gouttes de sueur s'écouler. Autour de ses oreilles, sur son front, sur ses joues. Le long de son cou, le long de son dos, sur sa peau. Son attention évolua et elle entendit bientôt chaque grésillement, chaque craquement, chaque frottement. Ici, là et en même temps là-bas. Seule et en même temps si entourée.

Alors ses muscles se soulagèrent et elle sentit descendre sur elle toute la pesanteur de son corps. Écrasée, clouée sur place, attirée vers la terre. Aspirée par la terre. A deux doigts de s'écrouler. De se laisser s'écrouler. Comme étourdie. Petit à petit, l'air l'envahit. Dans toutes ses nuances de petites odeurs. Au gré de petits filets de fraîcheur, de grandes fournées de chaleur. Elle sentit ses poumons se remplir, son sang circuler et ses muscles se nourrir. Son cœur battre. Intensément. Imperceptiblement. Sans jamais s'arrêter. L'énergie humaine. Le miracle de la vie.

« C'est tout un art de respirer. Tu dois trouver ton souffle. Sinon tu vas souffrir toute ta vie. » Et tous se remirent en chemin. Chacun ajustant son sac, son pas et son souffle. Chacun laissant à son corps le soin de le faire avancer. Sans le commander. Petit à petit, Nikki sentit ses douleurs s'atténuer. Gagnée par une sorte de vide intérieur. Par une sorte de force supérieure. Chacun ne faisant plus que marcher. Simplement marcher. En se laissant porter par le mouvement. Par le souffle de la vie.

Le moment de se reposer et de reprendre des forces arriva. Ils se posèrent sur un tas de pierre au bout du chemin, et déballèrent machinalement leurs affaires. Tous respiraient le grand effort de la matinée, et pourtant tous avaient le visage de la douceur. Ils mirent spontanément leurs quelques provisions en commun et commencèrent à partager leur repas avec Nikki. Se souriant pour partager leur bonheur. Se souriant pour se féliciter. Regardant au loin d'autres ombres approcher. Sortir de l'horizon pour, d'un coup, passer et les dépasser.

« C'est beau, hein ? » lança l'un des quatre gars. Et Nikki de répondre « oui » d'une même voix. Pourtant, le paysage n'avait rien d'extraordinaire : une plaine vallonnée grillée à perte d'horizon, avec quelques arbres chétifs sur le bord du chemin. Sans la moindre habitation apparente, si ce n'est les restes d'une vieille ruine, depuis longtemps retournée à l'état de nature. Et un ciel bleu sans nuances. Légèrement brouillé par la poussière sèche levée au passage de chacun. Non, ce n'était pas un beau paysage de vacances. Mais ils étaient là ensemble. Vraiment ensemble. Et ça, oui, chaque être humain le sait : c'est beau.

La confiance était maintenant là, qui permettait de parler en toute simplicité. De se dévoiler en toute sécurité. Sans jamais mettre en danger l'intimité. L'important n'étant pas de se mesurer à l'autre. l'important étant simplement d'enrichir un moment de partage. La question vint de façon anodine, sans même que ce soit une question d'ailleurs. Elle répondit simplement qu'elle était mannequin, modèle. Elle releva le regard vers eux, en s'offrant sans défense à leur jugement. Et aussitôt, tous les quatre lui répondirent qu'ils la trouvaient belle. Oui, vraiment belle. Et chacun de leurs visages était là pour témoigner. Pour dire qu'ils disaient vrai.

Nikki fut touchée comme elle ne l'avait pas été depuis longtemps. Car, chaque fois qu'on lui disait qu'elle était belle, c'était pareil. Elle sentait aussitôt les intentions s'abattre sur elle. L'excitation, le désir sensuel. La soif d'émotion, la soif d'effraction. Alors elle s'était habituée à redouter ce compliment. Elle avait pris le réflexe de mépriser ceux qui lui adressaient. Automatiquement. Pour se protéger. Et, petit à petit, elle s'était retranchée d'elle-même. Coupable et condamnée. Mais, cette fois, ce n'était pas pareil. C'était comme avant. Comme avant qu'elle grandisse. Comme avec ses parents. Ils lui disaient qu'elle était belle, tout simplement.

Puis la conversation rebondit, et l'un des gars confirma que « l'important, c'est bel et bien de faire ce que l'on aime ». la vie est trop courte pour se mentir. Pour ne pas se faire plaisir. Laisser notre corps s'épanouir, notre esprit s'affranchir et notre cœur grandir. C'est une phrase qui sonne vrai. Que l'on sait vraie. Une phrase qui glisse jusqu'au fond de l'âme et qui pourtant s'évanouit au premier coup de ramdam.

Mais, déjà, c'était le moment de lever le camp. Chacun se releva, tira son sac de terre pour l'envoyer en l'air et, en un instant, le temps d'un dernier sourire et d'un ajustement, la marche reprit ses droits. Quelques paroles échangées, un ou deux derniers rires, le temps de relancer la communauté et, bientôt, chacun se remit à avaler le chemin pour mieux digérer ses pensées.

Nikki marchait désormais le regard réceptif aux autres. Entourée des quatre gars. De quatre frères. Elle se mit à penser à Marie. Elle se demandait où elle pouvait bien être, si elle était toujours avec ses nouveaux amis, si elle la cherchait, si elle l'attendrait quelque part. Elle voulait la retrouver. Elle espérait qu'elle la retrouverait. Pour qu'elles continuent ce voyage qu'elles avaient lancé ensemble. Mais il n'y avait rien à faire de plus. Au milieu du désert, le téléphone est inutile. Heureusement, un chemin c'est un lien. Et quand il n'y en a qu'un, il suffit de le suivre. Et espérer.

Ce jour-là, le soleil grillait. Tout semblait éteint. Pourtant ce n'est qu'une illusion. La vie est capable de tout. Au détour d'une crête, l'équipe marqua le pas, pour admirer le paysage et pour reprendre des forces. L'un des nouveaux compagnons de Nikki sortit un appareil photo et commença à fixer l'horizon. Puis, il laissa son objectif errer au milieu des de quelques hautes herbes. Il y vit quelques fourmis, toute une petite colonie. « Regarde » lança-t-il à Nikki, « c'est vraiment incroyable... »

Les autres avaient décidé de reprendre leur marche, et Nikki était plutôt désireuse de ne pas perdre le rythme. Ils commençaient à s'éloigner, et Nikki les regardait un peu inquiète. Pourtant elle se retint de brusquer son compagnon. Il était soudain devenu si naïf, si contemplatif. Tel un enfant alors qu'il avait les cheveux blancs. Poussant de petites exclamations, s'amusant tout seul à voir creuser, grimper et galoper les petites créatures. Au bout d'un moment, ils reprirent la route et son compagnon poursuivit sa contemplation : « c'est comme si on regardait la Terre d'en haut, de tout là haut, depuis les étoiles... » Nikki se laissa bercer sans chercher à résister, écoutant la voix de son compagnon comme on écoute de la musique. De la musique classique.

Après un moment, ils arrivèrent le long d'un canal, où tout un groupe de retraités marchait entre deux villages étapes. Ils n'étaient pas fatigués, ils n'avaient rien à porter. Ils étaient ensemble, en voyage organisé, bien installés en classe confort. Et pourtant, leur seul désir était de parler avec les secondes classes, avec les gars des soutes, les vrais marcheurs. Ils se retournaient dès qu'ils entendaient un nouveau pas, et roulaient des yeux sur tous ceux qui avançaient courbés sous leur sac, le visage éprouvé par la fatigue et la chaleur, le regard libéré. Le compagnon de Nikki redoublait d'entrain. Ne perdant pas le rythme, il saluait et offrait une bribe de conversation à tous ceux qu'il dépassait. C'est comme s'il avait remonté toute une armée, triomphant avec une reine à ses côtés.

Puis, ils arrivèrent en vue d'une écluse, là d'où partent tous les canaux d'irrigation. Là où les routes se rejoignent. A l'entrée d'un gros village, d'une petite ville. Les trois autres attendaient leur compagnon et Nikki, abrités sous la fraîcheur des arbres. Le sourire et quelques joyeux rires pour les accueillir. Ce furent de vraies retrouvailles. Chacun prenant des nouvelles des autres, la gourde d'eau fraîche à la main, une pomme ou une orange dans l'autre, s'essuyant le front de temps en temps, riant pour un rien. Simplement pour se détendre. Simplement par bonheur de l'instant. Ils étaient presque arrivés. Il suffisait de traverser la ville, dit l'un qui avait échangé avec un autre groupe. De l'autre côté, ils trouveraient leur auberge pour la nuit.

Soudain, l'un d'entre-eux se souvint que Nikki avait cherché un moyen pour rentrer. Il lui dit que c'était l'endroit. Là, elle trouverait un bus pour aller vers les grandes villes. Les regards pesaient gentiment sur Nikki, qui avait presque oublié cette réalité, cette explication donnée le matin même. Prise au dépourvu, elle répondit qu'elle retrouverait peut-être son amie Marie ici, dans l'une des auberges. Ils répondirent que c'était possible, en souriant pour l'encourager, et en même temps pour se cacher l'émotion d'une aventure bientôt terminée. Ils traversèrent la ville calmement, et tous accompagnèrent Nikki dans sa recherche, l'attendant devant chaque auberge. Mais décidément, Marie restait introuvable. Et, petit à petit, à coup d'espoir et d'appréhension, de résignation et de soulagement, ils arrivèrent tous à l'auberge des garçons.

Ils franchirent la porte d'une petite enceinte au milieu du village, au milieu d'une rue déserte et, là, ils tombèrent nez à nez avec toute une journée de marcheurs au repos, réunis autour de tables d'été. Des visages rougis guettant chaque nouvelle arrivée, chaque nouvel arrivant. Accueillants et en même temps détachés. Occupés à laver leurs chaussures autour du puits, à étendre leurs vêtements dégoulinants d'eau fraîche. Cette vision les réjouit. Pourtant, ce qui les frappa le plus, ce fut le piaillement des oiseaux, cachés dans les haies épaisses, qui donnaient au petit jardin planté au milieu du désert, des airs d'oasis.

La chance était avec Nikki. Il restait bien une place. Dans le petit dortoir, tout près de la chambre de ses compagnons. Tous se réjouirent, et montèrent déposer leurs affaires, rire ensemble quelques instants, allongés sur ces lits déglingués que l'on ne peut, après de telles journées, que savourer. Nikki fit de même de son côté, se laissant respirer pour, un instant après, repenser à Marie et à leur aventure ratée. Se demandant si Marie apparaîtrait comme par surprise. Se demandant ce qu'elle allait faire dans le cas contraire. Dans le cas le plus probable. Continuer ? Avec ses nouveaux compagnons ? Prendre un bus et repartir ?

Face au miroir, Nikki dut se résigner à se voir, le visage rougi. Malgré toutes les précautions, elle était maintenant marquée. Elle s'examina de plus près, prit la mesure des dégâts et sortit ses instruments. Puis elle commença à se recomposer une beauté. A effacer les effets des agressions, sans chercher aucun effet de séduction. Utilisant tout son arsenal de crèmes, sans recourir à sa palette de couleurs. Et quel arsenal ! Il en sortait sans arrêt. Comme si la trousse de Nikki avait été sans fond. Comme si la beauté de Nikki avait été infinie. Le moins que l'on puisse dire, c'est que ce n'était pas un spectacle si courant, ici au milieu de la grande salle de bain aux cinq douches, quatre toilettes, trois vasques et deux miroirs.

C'est alors qu'une petite fille se glissa dans l'encart de la porte. Au début, Nikki n'y prit pas attention. Mais la petite fille restait là, le regard ébahi qui la fixait. Elle lui jeta un rapide coup d'œil, gênée. Cela ne la fit pas partir. La petite fille restait posée, là, le regard gourmand. Sur ce, Nikki la regarda plus franchement, en lui disant « Hola ». La petite fille ne répondit pas. Nikki n'insista pas. Finalement, au bout d'un moment, et voyant la petite fille si attentive à ses gestes, Nikki lui montra son petit badigeon comme on fait une proposition. Et alors le regard de la petite fille s'illumina de joie. Nikki la tamponna très légèrement sur les joues, la petite fille se regarda dans le miroir avec fierté, et aussi vite qu'elle était apparue, elle disparut. Dévalant précipitamment les escaliers.

La fin de journée commença à colorer les chambres de rouge et de doré, et les quatre gars passèrent prendre Nikki pour aller dîner. Le petit groupe s'était reformé, plus complice que jamais. Le dîner fut joyeux. Comme un dîner entre amis. Il ne manquait bien que Marie. Mais elle n'était pas là. Il n'y avait plus aucune raison d'y penser. Tous se laissèrent bercer par la douceur de l'instant. Tous laissèrent le destin s'accomplir. Au milieu d'une salle remplie de rires. Une salle faisant oublier à tous l'envie de lire.

Offrant à Nikki et aux autres la plus belle raison de vivre et de mourir. Alors ce fut le moment de s'abandonner, le moment de se laisser mourir pour mieux revivre au présent. Tous allèrent se coucher comme tous avaient marché. Sans faire de plan.

5.

$\mathscr{L}$e cinquième jour, l'auberge se réveilla au son des pas lourds et maladroits, des grincements de portes et de plancher, des nombreuses effractions lumineuses, et d'une ou deux voix fortes, encore mal réglées. Ce n'était pas un petit groupe sur le départ, mais toute une armée sur le pied de guerre. Nikki émergea de sa nuit encore tout étourdie, les membres tout engourdis. Elle resta quelques instants allongée les yeux ouverts, laissant ses camarades de chambrée se préparer. Puis, elle se tourna lentement d'un quart de tour, passa sa main sur son front, et laissa ses pieds tomber sur le sol.

Finalement, Nikki décida de se lever. Elle se déplia et aussitôt vacilla. Se rattrapant in extremis à l'encadrement de la porte. Deux voix dissonantes jaillirent du fond du dortoir pour savoir si elle allait bien. Nikki se contenta de lever la main, en appuyant sa réponse par un « OK ». Et elle se mit à marcher lentement vers les toilettes, sans faire attention à quiconque. Sans avoir pris le soin de se refaire une quelconque beauté. Le visage baissé. Le regard et les pensées embrumés au milieu d'un couloir électrisé.

L'un de ses camarades de la veille la croisa et lui souhaita le bonjour avec toute la chaleur de son amitié. Il lui demanda si elle comptait poursuivre le chemin avec eux. A cette voix familière, Nikki se ressaisit et répondit avec le plus d'entrain possible qu'elle allait justement se préparer. Mais, à voir comment Nikki s'éloignait en tanguant, évitant de trop s'appuyer sur certaines de ses articulations, grimaçant et gémissant, il eut un doute. Et il ne put s'empêcher de relancer Nikki, en lui lançant d'une voix souriante : « tu devrais peut-être te donner un jour de repos ?... »

Les quatre compagnons furent bientôt prêts qui s'agglutinèrent tout équipés sur le seuil du dortoir, face à Nikki qui était là, assise sur son lit depuis un long moment, comme clouée sur place. Telle une statue au milieu d'une place, figée au milieu des allers et venues, en dehors de l'espace et du temps.

En les voyant, elle reprit ses esprits et sourit, essayant de parler, de les rassurer. Essayant de leur dire qu'elle serait prête en un instant. Mais elle ne se doutait pas que son corps avait parlé avant elle. Ses épaules avachies, son visage tiré, son regard éventré. Qui disaient qu'elle avait besoin de se reposer. Qu'elle ne pouvait plus faire un pas.

Tous sourirent et, avant que Nikki n'eut le temps de se lever, l'un d'entre-eux s'avança vers elle. Il posa sa main doucement sur son épaule et lui dit en la regardant bien dans les yeux : « Tu es forte, mais il faut que tu te reposes. Ton corps est fatigué. Ta volonté aussi. » Et puis, il ajouta : « C'est d'ailleurs parce que tu es forte que tu as besoin de repos. » Nikki ne comprit pas vraiment, mais resta là calmement à l'écouter. Sa raison avait encore besoin d'être amadouée. Alors il lui dit qu'ils étaient prêts, qu'ils allaient partir maintenant, sans l'attendre. Il ne fallait pas qu'elle essaie de résister. « Ça fait partie de l'expérience » lui confia l'un des trois autres, tandis que le troisième approuvait d'un doux sourire.

La raison de Nikki se rangea aux voix de la raison. Et tandis que son regard indiquait qu'elle avait accepté, tous s'avancèrent vers elle et l'enlacèrent. L'enlaçant comme quatre frères enlaceraient leur sœur. Alors Nikki se laissa faire et, sans y penser, laissa échapper un mot, un seul : « Merci ». « Merci à toi, bella » lui répondit le quatrième. « Écoute-toi, sois-toi même, c'est comme ça que tu es belle. » Et puis, comme pour permettre aux fils de se dénouer, le premier, qui était encore assis à ses côtés, ajouta avec une voix pleine de joie : « Et puis, nous allons tous vers la même destination ! » Sur ce, il se releva et tous les quatre s'éclipsèrent en un clin d'œil. Nikki se laissa retomber dans son lit, ferma les yeux et se rendormit.

Plusieurs heures plus tard, Nikki nageait au milieu d'un océan de lumière quand la clarté commença à l'inonder. L'image nuageuse se dissipa peu à peu, et ses paupières commencèrent à s'entrouvrir, assaillies par de vifs rayons lumineux. Elle détourna doucement la tête et aperçut le reste du dortoir vide, les lits défaits restant comme la seule empreinte du petit régiment de marcheurs qui était passé. Traversée par une vive émotion de bien-être, Nikki sourit et commença à se détendre, refermant les yeux, heureuse de savourer ce moment. Un oiseau piaillait, qui vint combler son bonheur quand, dans la maison, elle entendit quelques bruits de pas, de lits qu'on déplace, de draps qu'on secoue, entrecoupés des quelques paroles d'une enfant et de sa mère.

Après un dernier sourire qui allait s'imprimer toute la journée sur son visage, Nikki se releva. Cette fois-ci d'un coup, bien dans sa tête et dans son corps. Malgré les quelques stigmates de douleurs qui se manifestaient encore, et auxquels elle prêtait de moins en moins attention. Modifiant ses gestes pour réduire sa souffrance. Alors, elle se dirigea furtivement vers la salle de douches, en jetant quelques regards dans le couloir pour éviter d'être prise en flagrant délit. En flagrant délit d'oisiveté. En flagrant délit de vrai bonheur. Emportant avec elle ce morceau de rêve jusqu'au plus loin dans la réalité. Essayant, avec la dextérité du contrebandier, d'éviter toute rencontre avec la réalité.

La douche fut chaude, puis très vite tiède et puis, petit à petit, froide. Mais rien ne pouvait empêcher Nikki de sourire. Elle prit sa petite serviette de toilette, se sécha et secoua ses vêtements. Puis, satisfaite, elle s'habilla et sortit de la cabine, pour finir sa toilette face au miroir. C'est alors qu'elle tomba nez à nez avec la petite fille de la veille, qui l'accueillit d'un grand sourire. « Hola » lui lança la petite fille spontanément. « Hola » répondit Nikki. Et puis, un mot fut échangé, et un deuxième. Et bientôt une phrase, une conversation. Qui les porta toutes les deux vers le miroir. Comme deux amies. Comme deux sœurs.

Quand Nikki ouvrit sa trousse, le regard de la petite fille s'illumina comme à la vue du plus merveilleux des trésors. Alors Nikki lui montra le badigeon de la veille et la petite fille éclata de joie. C'était évidemment ce qu'elle attendait. Nikki se prêta au jeu sans résister, caressant de son badigeon sa nouvelle petite poupée. Puis, la petite fille commença à lui montrer du doigt le reste de ses instruments. Les crayons, les rouges à lèvres, et ces mille autres petits ustensiles pour les joues ou pour les cils. Une vraie trousse de survie avec laquelle Nikki lui proposa de lui faire une beauté. Comme une vraie princesse.

« Est-ce que ta maman est d'accord ? » lui demanda Nikki pour se donner bonne conscience. Évidemment, la petite fille approuva. Naturellement, Nikki céda. Elle se mit à sa hauteur et commença à la maquiller. Et, à chaque trait, à chaque coup de pinceau, toutes les deux se regardaient dans le miroir en souriant. Jusqu'au moment où la petite fille commença à toucher le visage de Nikki et à lui prendre ses instruments des mains. Ailleurs, c'eut été une déclaration de guerre. Ici, c'était un geste spontané, un geste d'amitié. Alors comme deux petites filles, elles se mirent à se maquiller, à s'amuser avec les couleurs.

Bientôt, Nikki fut recouverte de tâches roses, oranges et rouges, de traits verts, bleus et noirs. Mille couleurs qui lui dessinaient progressivement un visage de clown. Qui leur dessinaient à l'une et à l'autre des visages de clowns. Des visages dont s'échappaient des rires de plus en plus fréquents, de plus en plus forts. De véritables fou rires. Qui résonnaient dans la salle de douches complètement vide. Qui résonnaient dans les dortoirs, dans toute la maison. Attirant la curiosité de la maman, qui apparut soudain sur le seuil de la porte, un grand panier de linge dans les bras. En reflet dans le miroir devant lequel deux clowns se faisaient des grimaces.

Quand Nikki croisa le regard de la maman, elle eut un petit serrement au cœur et se retourna, prête à s'expliquer. Mais la maman sourit si largement en voyant sa fille si heureuse que toute explication devenait d'office inutile. Comme si toutes les trois s'étaient soudain retrouvées en enfance, heureuses de pouvoir partager ce moment d'insouciance et de grâce qui s'offrait à elles ce jour-là. Un nouveau lien s'était créé sans qu'aucune n'ait eu le temps de parler, qui autorisait Nikki et la petite fille à poursuivre leur jeu. A passer du temps ensemble, avec l'accord de la maman.

Nikki effaça les excès, finit de se préparer et, entraînée par la petite fille, descendit dans le jardin. Il était bientôt midi et la chaleur était déjà au plus haut, écrasant de son poids toutes les nuances de couleurs et d'odeurs, obligeant les oiseaux à jouer aux déserteurs, à se réfugier au plus profond des haies. Alors apparut la maman qui interpella Nikki en lui demandant si elle comptait rester toute la journée, une nuit de plus. Elle avait pris l'initiative de lui réserver le lit pour une nuit supplémentaire, mais elle devait savoir. Car d'autres allaient bientôt appeler qui lui demanderaient ses disponibilités. Nikki la remercia chaleureusement de son attention, lui dit que, oui, elle aimerait beaucoup pouvoir rester. Puis, elle lui confia qu'elle pouvait totalement démaquiller sa fille. Mais la maman la rassura aussitôt, lui dit de ne pas s'inquiéter, de continuer à jouer ensemble si elles le voulaient. Puis, se dirigeant vers la cuisine, la maman lança : « Vous allez manger avec nous, sur la terrasse ? »

Ce n'était pas vraiment une question, c'était une main tendue, un cœur ouvert. Et alors les trois filles se réunirent et mangèrent ensemble, entrecoupant leurs bouchées de sourires et de rires, alimentant la journée ensoleillée de quelques rayons de plus. Un petit peu plus encore de chaleur et de légèreté. De cette légèreté qui suspend le temps et colore les événements. Cette légèreté qui façonne les souvenirs pour l'éternité.

Le repas terminé, Nikki se leva spontanément et suivit son hôte en cuisine pour aider à faire la vaisselle. Elle passa un coup de torchon et aida à ranger. Le tout sous la direction de la petite fille qui s'affairait depuis longtemps à ces tâches, dans les jupons de sa maman. A un instant de flottement, Nikki pensa aller se reposer, ou bouquiner. En un mot, se laisser vivre. Mais la petite fille ne lui laissa pas le temps de s'assoupir dans ses pensées et lui prit aussitôt la main, pour l'entraîner vers les parties privées de la maison d'hôte. Pour lui faire visiter l'intérieur du petit oasis où elle vivait avec sa maman.

Nikki découvrit des pièces simples, avec quelques meubles rustiques, des portraits de famille, et quelques bouquets de fleurs sèches. L'intérieur typique d'une famille de travailleurs, avec des visages en noir et blanc, qu'on imagine bien ensemble, dans le jardin l'été, autour d'un feu de cheminée l'hiver. Il y avait des visages ridés, des souvenirs d'une lignée, la force d'un ancrage. La maison était manifestement dans la famille depuis des générations. La maman avait sans doute pris la suite de la sienne et, sans doute la petite fille serait-elle, un jour, la nouvelle gardienne. Accueillant jour après jour le mouvement des voyageurs. Leur offrant à tous le spectacle d'une généalogie, d'une certaine forme d'immortalité.

Tirée par la petite main et ses jeux, Nikki se laissa soudain envahir par quelques souvenirs depuis longtemps enfouis. Par cette époque de jeux et de joie. Quand, petite, elle allait cueillir des fleurs au fond du jardin et qu'elle venait offrir un bouquet à sa maman. Quand elle se laissait prendre dans les bras de son papa qui la faisait virevolter dans les airs, en la regardant comme le plus beau des diamants. Quand, derrière le muret, elle sourit pour la première fois à une autre petite fille et qu'elles se mirent à jouer. Quand, pour le plus grand plaisir des grands, elles se mirent à transformer le muret en jardinière de printemps, à fleurir la frontière de leur amitié. Pour bientôt devenir unies comme la vie. Nikki et Marie.

Nikki continuait d'être là, avec la petite fille, à jouer avec elle le rôle qu'elle lui demandait de jouer, et la mélancolie commença à la gagner. Elle se demandait où était Marie, si elles réussiraient à se revoir, à se retrouver. Elle l'imaginait sur le chemin, heureuse avec ses deux amis, et cela la rendait heureuse. Elle laissa échapper un sourire distrait. Qui interpella la petite fille, qui lui demanda aussitôt pourquoi elle souriait. Elle lui répondit par un sourire. Un sourire qui lui était destiné et qui, en même temps, était destiné à Marie, à cette petite fille qui était encore en elle, qui avait partagé avec elle tant de moments de joie. Qu'elle avait conscience d'avoir blessé, et qu'elle désirait maintenant retrouver. Pour de vrai.

Le soleil ne cessait de chauffer et les premiers voyageurs arrivaient déjà, qui cherchaient à se mettre à l'abri. Quelques-uns étaient sur le chemin depuis tôt le matin, avaient marché presque une journée, avaient parcouru toute une étape. D'autres avançaient à leur rythme parcourant quelques kilomètres chaque jour, se laissant déambuler pour mieux se libérer. Petit à petit. Et tous se retrouvaient quelques instants après autour d'une même table, à l'ombre, en train de boire de l'eau fraîche et de faire connaissance. En train d'observer ceux qui nettoient leurs chaussures et font sécher leurs vêtements mouillés. En train de guetter l'arrivée des nouveaux venus.

Intégrée à la famille, Nikki était perçue comme à part. Dans une petite bulle d'intimité qu'elle prenait justement soin de ne pas éclater. Savourant jusqu'au dernier instant cette journée de bonheur familial. Puis, la journée avançant, elle offrit spontanément ses services à la maman. Demanda si elle pouvait aider, en espérant qu'une fois de plus la maman l'aiderait, lui tendrait la main. La maman qui savait lire dans les pensées des enfants, lui donna une bassine et un couteau. Lui offrit d'éplucher les légumes avec elle. Tandis qu'à chaque arrivée, elle multipliait les allers et venues entre la cuisine, l'accueil et les chambres, où elle installait les nouveaux venus.

Il fût bientôt l'heure de dîner et la maman proposa à Nikki de s'installer à une table. Mais Nikki dit qu'elle n'avait pas encore faim, qu'elle n'avait pas faim en fait. La maman n'en crut rien, mais comprenait. Nikki s'était réfugiée dans la cuisine comme on se réfugie dans un foyer. Un lien s'était créé avec la maman et sa petite fille, et Nikki redoutait de le rompre. Elle redoutait d'être abandonnée à elle-même dans la grande salle où marcheurs, vagabonds et pèlerins commençaient à se presser dans de multiples grincements de chaises. La maman n'insista pas et proposa à Nikki de continuer à l'aider. Et alors Nikki approuva aussitôt.

Finalement, ce fut la petite fille qui prit Nikki en main, en lui demandant de l'aider. En lui demandant de prendre tel ou tel ustensile qui était trop haut placé pour elle, de sortir tels ingrédients et de les disposer comme-ci ou comme-ça dans les assiettes, de surveiller la cuisson « pour ne pas que ça déborde ». Nikki s'activait de tous côtés. Avait complètement oublié qu'elle était une reine de beauté. Ce soir-là, elle était utile et elle était aux anges. La petite fille aussi. Riant à chaque erreur de Nikki. Jouant le rôle de la maman à la place de sa maman. Tout simplement heureuse d'avoir une sœur pour la journée.

Tout fut enfin prêt et Nikki et la petite fille commençaient à flotter au milieu de la cuisine, en se demandant ce qu'elles pouvaient faire désormais. En demandant régulièrement à la maman. Alors celle-ci sortit deux assiettes, qu'elle posa sur le rebord du grand plan de travail en chêne et ordonna à sa fille et à Nikki de s'asseoir. Il n'était plus question de discuter. Il était l'heure de manger. En un instant, la soupe fut servie, et les deux filles se mirent à manger avec envie. L'une et l'autre s'amusant à se regarder, à faire remarquer qu'elles avaient vraiment faim. S'amusant et riant de petites choses. Tandis que, de l'autre côté de la porte résonnaient les voix et les rires des hôtes généreusement servis.

Et puis la salle se vida petit à petit, et les dortoirs commencèrent à s'allumer, le plancher à craquer de tous côtés. La maman proposa à Nikki de monter, mais celle-ci refusa net et attrapa une assiette, puis deux, et commença à faire la vaisselle. La petite fille prit alors sa maman par la main et lui dit de s'asseoir et de manger, tandis qu'elle prenait un torchon d'une main et servait sa maman de l'autre. La maman, qui commençait à être fatiguée, mais qui avait pris l'habitude de le faire depuis tant d'années, s'en amusa et laissa faire. Et c'est ainsi qu'un foyer fut reconstitué l'espace d'une soirée. En l'espace d'une journée. Qui réchauffa le cœur d'une maman depuis trop longtemps seule, le front en avant, d'une petite fille depuis trop longtemps éloignée des jeux d'enfants, et d'une jeune femme depuis trop longtemps perdue dans le monde des grands.

Ce soir-là, Nikki alla embrasser la petite fille dans son lit, et serra fort sa maman. Puis elle rejoignit son lit calmement. Le dortoir était presque endormi, déjà animé par deux ou trois bruyants grognements, deux ou trois violents ronflements. Normalement, Nikki ne l'aurait pas supporté. Elle aurait bouilli intérieurement, et peut-être même explosé. Mais, ce soir-là, ce fut un sourire qui s'échappa. Elle se coula dans les draps, fit un ou deux mouvements sur le vieux matelas, se lova et se mit à rire intérieurement. Heureuse d'être partie prenante de cette grande aventure. Heureuse de faire partie de cette belle et surprenante humanité.

6.

Le sixième jour, Nikki se réveilla avec la rosée, alors que le dortoir était encore profondément endormi. Elle se leva sur la pointe des pieds, se dirigea discrètement vers les douches, et se contenta de se dénuder à moitié, pour se laver à l'eau fraîche. Cueillant l'eau dans la coquille de ses mains pour ensuite la laisser couler sur sa peau. Dans un geste qu'elle répéta plusieurs fois, jusqu'à ce que l'énergie monte jusqu'en haut, jusqu'à son cerveau. Et qu'elle le libère. Qu'elle libère un regard brillant. Qu'elle libère un regard brillant au milieu d'un visage en pleine recomposition. La peau marquée, mais les nerfs détendus. Et le sourire facile. La joie à nouveau possible.

Une fois prête, Nikki retourna dans le dortoir. Elle laissa la porte très légèrement entrouverte pour laisser passer un trait de lumière, remit son lit en ordre, prit ses affaires et s'éclipsa dans le couloir. Là, sur un petit banc de bois, elle en sortit le contenu et commença à réunir ce qui lui était vraiment utile, et fit un tas de tout le reste. N'hésitant pas à jeter son T-shirt « Go away ». Mais hésitant à prendre sa grande trousse de maquillage. Elle la déposa sur le tas puis la reprit, avant, finalement, de la mettre à part. Alors, elle se rendit compte qu'il ne lui fallait pas grand-chose pour continuer, qu'un change complet suffisait, qu'elle pourrait laver chaque soir, par intermittence. Que l'eau était peut-être le meilleur des maquillages, que l'essentiel était d'avoir de l'eau. De l'eau et de la joie de vivre. De l'énergie à l'état brut.

Nikki achevait de se préparer, ajustant son sac à dos d'un ou deux coups d'épaule quand, dans un grincement de vieille porte en bois, la maman apparut au bout du couloir, pas encore tout à fait réveillée, mais déjà déterminée à accomplir son devoir. Elle fut surprise de voir Nikki déjà levée, mais s'en étonna en lui offrant simplement un grand sourire. Elle voyait face à elle une jeune femme revigorée qui était prête à partir, et cette simple image la réjouissait. Les deux femmes échangèrent quelques mots, histoire de se dérouiller la voix, histoire de recréer l'atmosphère familiale de la veille, et puis Nikki prit sa trousse de maquillage et lui tendit, en lui disant que c'était pour sa fille. Un peu émue, la maman la prit dans ses bras et puis lui dit que cela ferait très plaisir à sa fille, Maria.

Un instant Nikki fut troublée. Maria… Marie. Marie et Maria… Mais déjà la maman l'entraînait avec elle dans la cuisine. Sortant rapidement quelques ustensiles et préparant un petit déjeuner pour sa grande fille. Nikki n'avait pas vraiment faim, mais elle ne chercha pas à résister. Et elles mangèrent ensemble, comme une mère et sa fille, le matin avant de partir à l'école. Le matin, avant de se séparer. Ce fut un bel instant de complicité. Des sourires et quelques rires. Des paroles histoire de parler, mais des paroles désormais superflues. Le lien était créé. La maman enveloppa la main de Nikki encore posée sur la table, et la serra de toute son énergie. Lui transmettant tout son amour. Et alors, elles se prirent l'une et l'autre dans les bras. Et se serrèrent très fort.

Quelques instants après, Nikki était partie. Un sac léger sur le dos, heureuse d'avoir offert son petit tas d'affaires, heureuse à l'idée que Maria se lève et découvre son cadeau. Heureuse de reprendre le chemin comme pour la première fois, seule dans la petite rue sinueuse du village. Seule sur le petit chemin de terre et bientôt seule sous le ciel étoilé. Ce ciel qu'elle n'avait pas vu depuis si longtemps. Ce ciel vers lequel elle n'avait pas regardé depuis une éternité. Et qui, ce matin-là, s'imposait à elle, en lui offrant le spectacle de la lumière perçant au milieu du néant. Lui offrant de suivre le chemin sans chercher à savoir où il mène. De marcher animée par sa seule lumière intérieure.

La silhouette absorbée par le noir, Nikki ne fut bientôt plus qu'un effleurement. Le petit bruissement d'un pas agrippant la terre séchée, le petit bruissement d'un pas effleurant l'herbe des bas côtés. Se mêlant avec les petits bruissements de la nature réveillée. Les petits animaux disparaissant dans un rapide glissement, les oiseaux du matin faisant soudain silence avant de reprendre rapidement leur chant, les filets d'eau ricochant à l'infini pour, tous, finalement, attirer l'attention du passant. Attirer l'attention de Nikki qui, à chaque pas, se sentait plus entourée que jamais, plus libre que jamais. Attentive à chaque son, à chaque mouvement, à chaque odeur. Ajustant son regard perçant. Son regard embrassant.

Alors, ce fut le spectacle du soleil levant. Le spectacle du ciel brillant qui s'éteint petit à petit et qui attire vers l'arrière, vers l'Est. Vers le grand nuage blanc qui pointe et qui s'étire à l'horizon. Se hisse des terres noires vers le ciel noir, dans une nuée orange, jaune et bleu. Et puis dessine toutes les ombres. Donne une image aux sons. Un visage aux odeurs. Fait surgir du néant d'autres pèlerins, qui font surgir au loin le chemin. Ramène petit à petit chacun dans la réalité. Cette réalité qui perce à coups de faisceaux jaunes dans la ligne de démarcation rouge. Qui laisse place à une infinité de couleurs naturelles et à un grand ciel bleu. Un ciel parsemé de quelques nuées blanches. L'écume de la nuit.

Nikki continua à marcher sans idée, se laissant guider par le spectacle s'offrant à elle. Allant au devant de tout, sans intention et sans jugement, en s'émerveillant. Même et spécialement de ce qui n'aurait jamais attiré son attention. Aurait normalement contrarié ses émotions, son sens de l'action. Comme ces deux petits rongeurs traversant le chemin à la hâte, ces vieilles fermes délabrées pointant à l'horizon, ces vieux panneaux publicitaires rouillés. Tous ces symboles d'abandon dont on se détourne spontanément. Sauf dans l'abandon. Toute cette matière à penser que l'on condamne spontanément, sans y penser, comme par réflexe. Pour vivre, pour résister. S'affirmer et faire valoir son droit, sa loi. Sa volonté.

Mais, peu importe. Nikki semblait désormais glisser sur la réalité. Capable de ne plus voir que mille raisons de s'enchanter. Des petites fleurs percer au détour d'un coin de chemin, un grand arbre déployer sa vieille ossature au milieu d'un champ s'étendant à perte de vue, la poussière s'élever et tournoyer, l'horizon avancer pas à pas. Imperceptiblement.

Comme s'il ne changeait pas, comme s'il était figé pour l'éternité alors que, petit à petit, il changeait. S'offrant sous un nouvel angle. d'un peu plus haut, ou d'un peu plus bas. De front ou de biais. Sous la lumière franche du soleil, ou sous la lumière filtrante des arbres. Accompagné de nouveaux sons et de nouvelles odeurs. Traversé par une voiture ou un tracteur. Et pourtant toujours le même. Enveloppant petit à petit celui qui marche, en l'apaisant de toute peur.

Et puis, la faim se manifesta. Nikki continua de marcher et, une fois le moment venu, une fois l'endroit trouvé, elle s'arrêta et posa son sac. Elle sortit sa gourde, but doucement, à plusieurs reprises, et contempla quelques instants l'horizon. Laissa son cœur ralentir, son sang se fluidifier, et ses nerfs se relâcher. Son visage rouge redevint rose, puis reprit l'aspect qu'il avait le matin, avec quelques marques de plus derrière le cou. Quelques marques imprimées par la marche sous le soleil. Nikki mit un peu d'eau au creux de sa main et se caressa doucement la peau du visage et du cou, la peau de ses avant-bras. Elle se regarda un instant et puis s'assit pour manger, sans y penser. Laissant son regard se vider à l'horizon, et son appétit absorber les quelques provisions que la maman de Maria lui avait glissées dans les mains avant de partir.

Une ou deux personnes passèrent, et Nikki et elles se saluèrent de façon fraternelle. Sans chercher à discuter. Et elle reprit sa marche en solitaire. Le soleil était au plus haut et de plus en plus agressif. Nikki avait beau boire et se badigeonner de façon régulière, avancer devenait de plus en plus difficile. Et cela d'autant plus que la digestion absorbait une partie de ses efforts physiques. Son souffle devenait de plus en plus insistant, de plus en plus bruyant. Et alors, une phrase lui revint en tête : « Tu dois trouver ton souffle ». A cette pensée, elle s'arrêta, posa son sac à dos, et commença à inspirer et expirer lentement. Petit à petit, l'énergie lui revint et, avec elle, le souvenir amical de ses quatre compagnons.

Elle poursuivit ainsi pendant un moment, accompagnée en pensée par ses compagnons. Fortifiée par les moments qu'ils avaient partagés ensemble. Elle se demandait où ils étaient désormais. Sans doute étaient-ils loin devant maintenant. Elle les imagina rire et elle en rit intérieurement, esquissant tout de même un petit sourire. Ce genre de petit sourire qu'on aperçoit chez quelques solitaires, et qui laisse deviner toute leur force intérieure. Absorbée par ses pensées, Nikki franchit plusieurs fois la ligne l'horizon sans y penser. Saluant chaque pèlerin. Échangeant parfois quelques mots avec eux, sans s'arrêter de marcher, sans s'arrêter de penser. Lancée en avant sans que rien ni personne ne puisse l'arrêter. Pas même ce vagabond, assis au bord du chemin, sous une tonnelle d'arbres, le sac à dos aux pieds. Ce jeune homme qui la suivit du regard sans qu'elle ne se sente ni agressée ni en danger. L'un et l'autre se contentant de se saluer en passant, sans rien dire, sans rien faire. En échangeant juste une petite émotion.

Nikki avait beau poursuivre à un bon rythme, elle souffrait de moins en moins. Se sentait de mieux en mieux. Quand il le fallait, elle enlevait sa chaussure et la vidait du caillou et de la poussière qui y étaient rentrés. Elle reprenait une gorgée d'eau et reprenait sa route. Quand elle était fatiguée, elle s'arrêtait à l'ombre, sans compter. Et quand elle se sentait à nouveau prête, elle repartait. De la façon la plus naturelle du monde. Sans se préoccuper de l'endroit où elle dormirait. Sans plus se faire de souci à propos de sa vie. Des impasses dans lesquelles elle se trouvait, et qui s'évaporaient toutes sur le chemin. Comme par miracle. Comme s'il n'y avait plus qu'à avancer, en se donnant entièrement au présent. Sans avoir peur.

Ce fut justement à ce moment-là que Nikki aperçut des animaux au bout du chemin, à l'horizon. En se rapprochant, elle crut apercevoir des chevaux, et puis, d'un peu plus près, elle reconnut des ânes. Quand, soudain, elle constata qu'ils n'étaient pas enfermés, qu'ils n'étaient pas attachés, qu'ils marchaient en toute liberté. Un frisson traversa Nikki qui n'avait jamais eu affaire à des animaux en liberté. Elle se serait bien échappée, mais elle n'avait nulle part où aller. Et il n'y avait qu'un chemin. Alors, elle se remit à marcher, doucement, prudemment. Les ânes la virent et relevèrent la tête. Nikki s'arrêta net. Puis, les ânes marchèrent vers elle, en remuant la tête. Nikki se sentait piégée. Elle était glacée. Glacée au milieu du désert.

Les ânes approchèrent de Nikki, pétrifiée, et l'un d'eux frotta doucement sa tête contre son épaule. Nikki le laissa faire et, puis, petit à petit, la peur s'en alla. Elle leva instinctivement la main vers la tête de l'âne et lui caressa la joue. Docile, l'âne se laissait faire. Et bientôt, les deux autres ânes s'approchèrent, entourant complètement Nikki. Spontanément, Nikki se mit à les caresser, à tour de rôle. Pour le plus grand bonheur des animaux. Pour le plus grand bonheur de Nikki. A la peur succéda le réconfort et bientôt les rires de joie. Jusqu'à ce que les ânes en aient assez, et qu'ils s'éloignent, de la même façon nonchalante avec laquelle ils s'étaient approchés. Alors, Nikki reprit son chemin, la coiffure tout ébouriffée, les cheveux libérés. Et elle passa près d'un serpent piétiné sans s'en rendre compte. Laissant la peur de la vie sur le chemin.

Ce jour-là, Nikki marcha pendant de longues heures. Elle arriva à l'entrée d'un village où était située une première auberge. Elle décida que sa marche s'arrêtait là. Elle entra, se fit conduire vers le dortoir, et se reposa quelques instants sur le lit. Tandis qu'un ou deux autres faisaient déjà des allers et retours entre le dortoir et la salle de douches. Commençaient à étaler leurs chaussures aux pieds de leurs lits, à piocher au fond de leurs sacs, à chercher des prises pour recharger leurs téléphones. Chacun s'affairant au regard de tous sans chercher à faire intrusion dans l'intimité de quiconque. Nikki les observant en réalisant le spectacle qu'elle avait pu donner les premiers jours. Réalisant l'étendue de l'épreuve qu'elle avait imposée à Marie, son amie.

Nikki alla se doucher et, reposée, descendit rejoindre le reste des marcheurs, dispersés au rez-de-chaussée. Là, chacun était encore comme il était arrivé. Seul s'il était arrivé seul. A deux pour ceux qui étaient arrivés en couple ou avec un ami. Tous n'attendaient que l'occasion qui ferait qu'ils se parleraient. Qu'ils pourraient s'ouvrir et partager un moment, partager leur joie de vivre. L'occasion se présenta avec l'arrivée d'un couple d'étrangers, qui essayait en vain de se faire comprendre de la jeune aubergiste de service qui ne parlait que l'espagnol. Ne parlait pas encore l'anglais, même si l'on pouvait deviner qu'elle ne mettrait pas longtemps à maîtriser la langue, qu'elle savait sans doute déjà être un outil indispensable pour avancer et se réaliser.

Attirée par l'échange, Nikki s'aventura à traduire quelques mots et, en quelques instants, tous s'approchèrent pour jouer aux interprètes. Dans une joyeuse bonne humeur qui leur donnait tous envie de se rapprocher et de partager un moment ensemble. C'est alors que la jeune aubergiste demanda au couple d'étrangers s'ils comptaient dîner à l'auberge. Le mari, devenu très expansif, approuva avec entrain, et proposa à Nikki de se joindre à eux, et puis, se retournant vers les autres, leur fit signe de se joindre à eux. Sur ce, il fut convenu que tous dîneraient ensemble. Ce que tout le monde approuva en se réjouissant.

Une petite heure après, et alors que la parole s'était déjà libérée entre les uns et les autres, tous s'assirent autour d'une table, que la jeune aubergiste avait dressée en réunissant quatre tables bout à bout. Ils étaient une petite dizaine. Un peu de tous les pays. Et tous ravis d'être réunis à la même table, dans cette petite auberge sans prétention. Cette petite auberge du destin. Tous avaient bien marché durant la journée et tous avaient faim. Ils attendaient avec gourmandise ce qui était au menu. Sûrs d'être aussi généreusement servis que dans toutes les petites auberges qui parsèment le chemin. Et qui, au milieu de plaines désertiques, s'arrangent toujours pour offrir des repas rustiques mais riches. De vrais repas de famille.

« Voulez-vous du vin ? » demanda la jeune aubergiste. Tous se regardèrent de façon dubitative, se demandant si ce ne serait pas une façon de célébrer ce repas pris ensemble, quand l'étranger à qui Nikki avait traduit la question, leva le doigt avec énergie pour interpeller l'aubergiste, en faisant en même temps signe aux autres que c'était pour lui. Qui leur offrait le vin. Son enthousiasme faisait plaisir à voir, et tous sourirent autour de la table. Il déclara que c'était du bon vin, qu'il fallait absolument goûter. Il aimait le vin et commença à faire le lien avec chacun, en indiquant les vins cultivés dans chaque pays. Ce fut un vrai tour du monde. Un dîner convivial entre toutes les nationalités.

L'entrée fut servie, puis le plat, et chaque fois en remerciant en chœur la jeune aubergiste, qui ne se faisait pas prier pour échanger quelques mots avec la joyeuse bande. Dehors, la nuit était déjà tombée, et ceux qui passaient devant les fenêtres de l'auberge, regardaient à l'intérieur, prenaient une étincelle et continuaient en souriant. Car la lumière de la salle brillait fort, mais les rires résonnaient encore plus forts. Laissant les nerfs reposés s'exprimer de la façon la plus spontanée. Laissant les personnalités et les expériences se partager sans effort et sans ambition. Créant de nouveaux souvenirs pour chacun.

L'étranger insista pour que tous prennent un digestif, que tous trinquent ensemble. Et tous trinquèrent de bon cœur. Les sourires francs et les regards brillants. Prêts à aller se coucher. Prêts à continuer. Un dernier éclat de rire et en un instant, tout le monde quitta la table et monta dans le dortoir et dans les chambres. La lumière de la salle de douches s'éteignit, puis celle du dortoir et, enfin, celle du dernier téléphone portable. Nikki eut le réflexe d'allumer le sien, et fut aussitôt assaillie d'une myriade de clignotements qui appelaient à reprendre contact. Mais elle n'avait pas vraiment envie de rompre avec le présent. Et il était déjà tard et elle avait sommeil. Elle éteignit son téléphone, le remit au fond de son sac et s'endormit en riant à nouveau d'une blague qui avait été faite pendant le dîner.

7.

Le septième jour, Nikki s'éveilla en même temps que le reste du dortoir. Chacun se salua d'un sourire et commença à se préparer. Il y eut d'abord des « bien dormi ? » et des « oh, excuse-moi », puis des regards et des mains qui cherchent au fin fond des sacs, quelques paroles échangées et, enfin, des débuts de rire. Tous étaient en chaussettes et pourtant tous étaient déjà repartis. Déjà lancés à l'assaut de cette nouvelle journée d'aventure. Espérant qu'elle leur apporterait le même lot de belles surprises que la veille. Sûrs au fond d'eux qu'il en serait ainsi. Qu'il suffit de ne rien changer, de reprendre la route et d'avancer.

Après avoir hésité à filer l'amitié en partant ensemble, tous reprirent spontanément leur configuration de la veille, et Nikki sortit seule de l'auberge, quelques instants après les uns, quelques instants avant les autres. Dehors, le village était encore noir, désert et froid. Les ombres sortaient tout juste de la pénombre. Seules les auberges étaient allumées, desquelles sortaient un à un les pèlerins. A chaque fois, Nikki les saluait, avant même qu'ils l'aient aperçue. Et puis elle continua à filer, en guettant avec assurance les flèches jaunes. Direction la sortie. Direction l'aventure.

Avec les premiers rayons qui pointaient, les oiseaux piaillaient et chantaient de tous côtés, et Nikki se mit à fredonner. Un air qu'elle ne connaissait pas. Un air que la nature lui inspirait. Jusqu'à ce qu'il fasse un peu trop chaud. Alors, elle laissa ses pensées doucement s'éveiller. Elle se mit à repenser à sa vie, à cette vie déjà si éloignée dont elle se demandait maintenant comment échapper. Les kilomètres défilaient. Et elle continuait d'avancer le regard droit, de plus en plus transparent, les pouces coincés dans les sangles de son sac à dos. Allant au devant des gens pour les saluer. Heureuse de leur offrir un sourire. N'attendant rien en retour.

Sur le chemin, sous les ponts, sur les poteaux, elle devenait de plus en plus attentive aux messages. Voyait maintenant dans tous ces petits mots plus grands qu'eux le reflet de sa propre expérience. Le signe de la grandeur de l'aventure humaine. A un moment, elle s'arrêta devant une petite pancarte avec, au pied, un petit bouquet de fleurs desséchées. Il y avait une photo blanchie et quelques lignes, presque effacées. Elle s'appelait Vicky. Elle s'était lancée sur le chemin pour marcher, seulement marcher. Et elle avait contracté un cancer de la peau. Elle suppliait chacun de prendre garde, de ne pas jouer avec le soleil : « Le soleil donne la vie, mais il peut aussi la reprendre. »

Ce témoignage résonna dans la tête de Nikki. Elle avait longuement marché la veille. Elle en avait l'énergie. Aujourd'hui, elle ne ferait peut-être pas la même distance. Certains marchent avec un objectif en vue, marchent pour rejoindre une étape. Là, au milieu de rien, sans carte ni montre, ni personne pour en juger, Nikki ne faisait plus de plan ; elle se laissait porter. Le corps a beau adopter un certain rythme, ce n'est pas une machine au service du cerveau. Et puis, chaque journée est différente. Il faut savoir l'accepter. Ne pas s'épuiser, garder toujours quelques réserves d'énergie. Pour rester ouvert, pour rester heureux. Tout simplement pour rester en vie.

Nikki se souvint alors que, seulement quelques semaines auparavant, elle avait eu une violente douleur à la poitrine, qui s'était ensuite propagée à son bras gauche. Un ami l'avait prévenu que c'était peut-être le signe avant-coureur d'une crise cardiaque. Elle lui avait ri au nez et lui avait montré ce que c'est qu'une femme qui a de la volonté. Avec le recul, elle réalisa qu'il avait sans doute eu raison, qu'elle avait peut-être mis sa vie en péril. Juste pour atteindre un objectif. Juste pour ne pas céder. Juste pour briller.

Les pensées de Nikki commençaient à relire le passé quand elle tomba sur un tapis de fleurs blanches, qui bordaient un petit filet de rivière, à l'ombre. Il y avait là des touffes d'herbe débordant de partout, des mottes de terre séchées, quelques buissons d'épines et des scarabées. Rien de la splendeur d'un jardin français. Rien du charme d'un jardin anglais. Et pourtant, ce fut pour Nikki une vision du paradis. Une vision du jardin d'Éden. Elle déposa son sac, fit quelques pas et s'accroupit au milieu des fleurs. Elle en prit une par le bout des doigts, la caressa, puis la cueillit et la porta à son nez. Elle ferma les yeux et laissa le parfum l'enivrer. Puis elle en cueillit une poignée qu'elle déposa délicatement à la sangle de son sac à dos, à côté du cœur.

Plus féminine que jamais, moins modèle que jamais, Nikki reprit la route fraîche comme une fleur des champs. Et elle se remit à penser. A la possibilité de changer de métier, de changer de ville, de quitter la ville même. Mais alors que faire ? Là était bien la question. Cette question que se posent tant de citadins qui, prenant un jour conscience d'être piégés, essaient d'imaginer leur vie ailleurs. Tranquilles au bord de mer, en haut sur la montagne, au fin fond d'une forêt. Comme dans un conte. Dont ils seraient les princes et les fées. Des hommes libres. Et puis, soudain, un son de cloches interrompit son flux de réflexions. Un petit village se dessinait à l'horizon. Elle ne savait plus ni quel jour ni quelle heure il était. Elle pensa donc que c'était une messe.

En fait, c'était une communion. Avec tous ses enfants en robe blanche souriant sagement en attendant de courir autour de la fontaine et de grimper sur les murets, tous ses oncles et tantes rayonnants de leurs plus beaux atours, tous ses cousins et cousines s'embrassant et riant chaleureusement, ses parents fiers de leurs enfants. Fiers de leur cérémonie. Nikki avait ralenti, comme quelques autres pèlerins qui s'étaient arrêtés pour manger un sandwich. Assis aux premières loges du spectacle, pour ne pas en manquer une seule miette. Se régaler des festivités et du bonheur de cette famille de la contrée.

Trois amis en costume ne furent pas longs à inviter tous ceux qui étaient sur la place à partager un verre avec les familles. Et c'est ainsi que Nikki et quelques pèlerins se retrouvèrent un verre de vin à la main, sans pouvoir refuser de trinquer. Nikki appréciait de plus en plus ces surprises du destin, ces surprises du chemin. Et celui-ci le lui rendait bien, qui lui rendait son charme naturel de jour en jour. Et cela pour le plus grand bonheur des trois garçons qui n'avaient d'yeux que pour elle sans oser lui avouer. Ou plutôt, débordaient de tant de compliments que cela en devenait amusant. Et Nikki laissait faire en riant.

Les garçons en étaient maintenant à la supplier de rester, à vanter tous les charmes de leur petite cité, à oser imaginer une vie avec elle, un mariage, des enfants, une cérémonie de communion. Nikki souriait. Elle était à nouveau attirée par le chemin. Elle était déjà partie et rien ne pouvait la retenir. Mais, avant de partir, elle joua au même jeu que les enfants : elle offrit à chacun des trois garçons alignés un tendre baiser sur la joue. Et alors se grava dans la tête des trois hommes en devenir l'un de leurs plus beaux souvenirs. L'un de ces moments d'émotion que l'on vit intensément, presque par inadvertance, et qui vont se lover au plus profond de la mémoire.

Nikki était repartie. A nouveau, elle suivait les flèches jaunes direction la sortie. Non sans observer le village, s'imprégner de son atmosphère et glisser du regard sur chacune des portes fermées. Elle l'avait déjà remarqué : dans chaque village, y compris les plus pauvres, y compris ceux qui semblaient abandonnés, partout on trouvait de belles portes d'entrée. Sculptées, gravées, forgées, dans un style rustique, antique ou pratique. Nikki ne put s'empêcher d'imaginer l'intérieur des maisons, les gens qui y habitaient. Ne résistant pas à se projeter dans une vision romantique des choses. Plaçant chacun des invités du mariage dans leur lieu de vie, les imaginant heureux tous ensemble. D'un bonheur qu'on ne peut pas trouver loin de la nature. Loin des animaux et des fleurs. Oui, peut-être avaient-ils raison ces trois garçons, au fond. Peut-être était-ce la vie dont elle avait envie au fond d'elle…

Parvenue à la sortie du village, Nikki arriva à la hauteur d'une vieille femme qui crapahutait en avant. Nikki la salua et, avant qu'elle n'ait eu le temps de prendre le pas sur elle, la conversation était engagée. La vieille femme était Espagnole et habitait sur le chemin de Saint-Jacques de Compostelle, au tout départ, du côté des montagnes. Toute sa vie, elle avait accueilli des voyageurs et, toute sa vie, elle avait vu passer le mouvement, défiler les étincelles de voyage et de bout du monde. Un jour, le dortoir vide, dit-elle à Nikki, elle a contemplé ce vide un moment, jeté un regard par le fenêtre, vers l'ouest, vers l'horizon. Et puis, elle a décidé de partir. Et, suspendant quelques instants leur marche et la regardant dans les yeux : « ce jour-là, j'ai su qu'il fallait que je parte, que c'était mon jour. Alors je suis partie. Je me suis laissée emporter. » Et, la marche reprenant, elle ajouta : « Je veux voir le bout du chemin… Je veux aller jusqu'au bout de ma vie... »

Ces paroles graves résonnèrent longtemps en Nikki, qui continuait d'avancer, la vieille femme à ses côtés. Leurs pas s'étaient ajustés, et on ne discernait plus que leurs souffles dans le silence. Nikki repartit dans ses pensées. Elle repensa à ses grand-parents, à ses parents. Au petit village de son enfance. Un petit métier et un foyer, des rires et de l'amitié, des voisins, un jardin. Elle se demanda comment elle avait pu partir si loin, en ville. Cette ville qui n'avait été que tourbillon, que ruptures et séduction, ambition. Solitude. On lui proposait de franchir un nouveau cap, de jouer à fond sa beauté, de vendre son image. Tous ses amis l'encourageaient. Mais, là, sur le chemin, animée par l'image de son enfance, elle n'avait plus qu'une envie : tout lâcher. Tout quitter pour tout recommencer. Commencer.

Le soleil était haut, il faisait chaud. La vieille femme avait de plus en plus de difficultés à avancer, malgré sa volonté. Une phrase revint à la mémoire de Nikki : « Le soleil donne la vie. Il peut aussi la reprendre. » Alors Nikki proposa de s'arrêter un moment. « Il faut boire lui dit-elle, c'est important. » La vieille femme n'était pas dupe : « Ne te fais pas de souci. On ne va pas m'enterrer comme ça ! » Et pourtant, Nikki voyait son visage se creuser ; elle sentait que la vieille femme se déshydratait. Elle insista pour qu'elle boive, et la vieille femme fit signe qu'elle n'avait plus une goutte dans sa gourde. Sans chercher à argumenter, Nikki sortit la sienne, et lui porta aux lèvres. Et la vieille femme but. Une gorgée. Deux gorgées. Trois gorgées. Avant de s'arrêter et de dire : « Il faut qu'il t'en reste, tu ne vas plus rien avoir... »

Nikki but la dernière gorgée et elles se remirent en marche. Sans se soucier d'elle, elle sentit qu'elle avait une responsabilité, qu'elle devait prendre soin de cette petite bonne femme. Elle lui tendit la main et la serra, pour que la vieille femme y trouve appui. Et les deux femmes continuèrent à avancer sur le chemin. Sans dire un mot. A des années d'existence l'une de l'autre et pourtant réunies pour faire une partie du chemin ensemble. Un rapace qui tournoyait depuis un moment au-dessus d'elles finit par s'en aller. Et, à l'horizon, des arbres se profilaient qui dessinaient une tonnelle sur l'horizon, annonçaient une portion abritée du soleil.

La chaleur ne baissait pas et la marche devenait de plus en plus éprouvante. Le pas était lent, obstiné, mécanique. Et comme Nikki ne lâchait pas la main de la vieille femme, c'est elle qui la retira. Et elle s'arrêta sous la tonnelle d'arbres en disant qu'elle n'en pouvait plus, qu'il fallait qu'elle s'arrête. Nikki lui recommanda de souffler doucement, de bien respirer. Mais rien n'y faisait. Elles étaient maintenant plantées, et la vieille femme semblait incapable de se relever. Nikki sentit qu'il était impossible d'insister, qu'il lui fallait trouver une solution. Instinctivement, elle regarda autour d'elle, et vit à environ un kilomètre vers le Sud un corps de ferme avec un vieux tracteur. « Je vais aller chercher de l'aide à la ferme, là-bas, d'accord ? » La vieille femme regarda dans la direction indiquée, se contenta d'un léger sourire d'approbation et Nikki se mit en route, d'un pas énergique et déterminé.

Nikki ne pensait qu'à la ferme, qu'à la vieille femme. En fait, elle pensait à sa mère. Tout ce qu'elle faisait était destiné à sauver sa mère. Cette mère qu'elle n'avait pas vu depuis si longtemps, avec qui elle n'avait plus rien partagé depuis tant d'années. Elle arriva dans la cour de la ferme, un chien aboya dans la cour, et un vieil homme sortit d'un vieux mur de terre séchée. Il vit Nikki et comprit que c'était une vagabonde venue demander à boire. Il lui tendit un verre d'eau. Et alors elle se mit à parler, à s'expliquer. Quelques instants après, le vieil homme faisait grimper son chien et Nikki dans sa vieille voiture.

La vieille femme était restée à l'endroit où Nikki l'avait laissée. Mais elle était entourée de plusieurs personnes. Ayant bu, la vieille femme avait déjà repris des couleurs. Quant à reprendre la marche, cela restait manifestement impossible. Le vieil homme et la vieille femme discutèrent et l'affaire fut bientôt conclue. Il lui proposait de l'emporter, et Nikki avec, si elle le voulait. Se sentant désormais responsable, Nikki n'hésita pas une seconde et elle prit le bras de la vieille femme pour l'aider à monter en voiture.

La voiture s'arrêta au village suivant, devant un couvent. C'est là que la vieille femme avait réservé un lit. Nikki fit sonner la cloche et une sœur apparut, qui embrassa les nouveaux venus du regard en voyant aussitôt la vieille femme qui avait besoin d'aide. Elle s'approcha d'elle, la prit par le bras et la conduisit dans la pièce d'à côté pour la faire s'asseoir. Puis, elle alla chercher une autre sœur, qui revint avec un grand pichet en terre et un verre. Elle passa sa main sur son front, l'ausculta du regard, puis alla préparer une serviette mouillée pour la rafraîchir. A en juger par les sœurs, il lui fallait surtout du repos. On voyait qu'elle était très fatiguée. Elle était un peu déshydratée, mais c'était surtout la fatigue. Elle dit à Nikki qu'il leur faudrait sans doute attendre un ou deux jours avant de repartir. Sur ce, Nikki indiqua qu'elles n'étaient pas ensemble. « Oh, dit la sœur, je comprends ». Et elle ajouta : « Il reste quand même quelques lits, si vous voulez. »

C'est ainsi que Nikki se retrouva au couvent. Dans l'un de ces vieux couvents qui bordent le chemin de

Saint-Jacques de Compostelle et rappellent aux randonneurs qu'ils sont sur un chemin de croix, un chemin de foi. C'est d'ailleurs dans l'un de ces couvents qu'elle avait dormi avec Marie, dès le premier jour. Mais cette fois, c'était différent. Elle était prête à en faire l'expérience. Le bâtiment était grand, frais, austère, tout de bois et de pierres. Et pourtant, on s'y sentait bien, éminemment serein. Loin du superflu. Complètement nu. Petit et nu. On peut bien être croyant, ou ne pas l'être, là n'est pas l'important. Un couvent, c'est un lieu sacré. Et comme tout lieu sacré, c'est un lieu qui permet un retour à sa nature profonde, qui force à revenir à l'état de nature. C'est un lieu de communion avec soi. Et donc un lieu de communion avec les autres.

En prenant sa douche, Nikki laissa toutes les tensions s'évacuer, se sentit soulagée que la vieille femme soit maintenant entre de bonnes mains. Elle se regarda dans le miroir, se passa les mains dans les cheveux, vit des changements sur son visage. De moins en moins rouge, son visage devenait de plus en plus coloré. Plus équilibré. Ses cernes avaient disparu et son regard ressortait plus nettement. Avec un pinceau, un ou deux traits de maquillage, elle l'aurait magnifié. Mais elle reconnut qu'il ne suffisait pas de grand-chose. Qu'elle pouvait se contenter de bien se rafraîchir pour se sentir en beauté. Et puis, elle conclut que c'était bien ainsi.

Qu'elle n'avait pas l'intention de   faire d'effort.
Qu'on devait la prendre comme elle était.

Tous se réunirent dans un grand réfectoire, meublé
de grandes tables en bois, où tous étaient assis les
uns à côté des autres au même niveau, sans
séparation. Nikki était assise au milieu de la table,
des inconnus la serraient et pourtant elle se sentait
bien. Une sœur prit la parole, détournant les regards
dans la même direction, et une prière fut prononcée.
Plusieurs avaient baissé la tête pour reprendre en
chœur chacune des paroles, tandis que d'autres
restaient muets. Se contentant de respecter ce
moment de communion qui leur était offert en
spectacle. Et puis, toutes les marmites déposées sur
les tables s'ouvrirent, en laissant la vapeur et les
odeurs se répandre généreusement. Les sœurs
commencèrent à remplir les assiettes, que chacun se
passa avec le sourire, les yeux pétillants d'appétit. Et
tous mangèrent en silence. Heureux de ne pas parler.
Heureux de ne pas penser. Heureux de reprendre des
forces sans faire plus d'effort que de digérer.

En face, un peu plus loin, au bout de la table, un
jeune homme mangeait, le regard baissé, qui retint
l'attention de Nikki. Elle avait l'impression de le
connaître. Mais elle avait beau lui jeter des regards
discrets de temps à autre, elle ne pouvait dire d'où
lui venait cette impression. Ce n'était qu'un étranger.
Elle devait confondre, se dit-elle au bout d'un

moment. Ce n'est que le repas terminé, quand tout le monde se fut levé et que leurs regards se croisèrent furtivement, qu'elle sut qui il était : ce vagabond qu'elle avait croisé sur le chemin. Ce jeune homme dans lequel elle avait plongé le regard sans y penser. Elle voulut rompre le silence du repas et lui parler. Mais déjà il s'était évaporé.

Troublée pendant un moment, Nikki oublia ce regard et sortit prendre l'air. Il lui restait une heure avant que la porte du couvent ne se referme pour la nuit. Elle se mit à déambuler dans les rues le cœur léger. Croisant autant d'habitants que de pèlerins, hésitant à s'asseoir à la terrasse de la place centrale, avant de continuer dans les petites ruelles et de tomber sur les premières étoiles. Elle s'arrêta et commença à chercher les constellations. Mais elle ne savait pas lire le ciel. Elle réalisa que beaucoup de choses essentielles lui échappaient encore. Alors, elle ferma les yeux, laissa le vent du soir la caresser. Et puis elle rentra, monta discrètement se coucher et, avant de s'endormir, les yeux levés vers les étoiles, murmura merci.

8.

Le huitième jour, la première chose que Nikki vit en se réveillant fut un petit bouquet de fleurs blanches. Celles qu'elle avait cueillies la veille et qui avaient survécu une journée entière déracinées. Autrement dit une éternité. En les voyant, puis en les observant, un souvenir refit surface : une petite scène autour du muret, où Marie et elle disposaient une myriade de petits bouquets et jouaient à la fleuriste. Elle s'en rappelait nettement, tous les détails lui revenaient. Surtout leur joie. La joie qu'elle prenait à composer des bouquets pour sa maman. Les compliments de sa maman qui lui disait en l'embrassant : « Tu es belle comme une petite fleur de printemps. »

Nikki enfila ses habits et alla se rafraîchir le visage devant le miroir. Plusieurs femmes se préparaient, qui se souriaient entre elles pour se souhaiter le bonjour. Nikki était loin, vraiment très loin des concours de beauté et des vestiaires de défilés. Pourtant, l'une des femmes se tourna vers elle et lui dit qu'elle la trouvait vraiment belle. Plus que belle, gracieuse. Et deux plus jeunes femmes qui se trouvaient là et auraient pu être jalouses approuvèrent de façon sincère. Reconnaissant, sans se comparer, que Nikki était d'une grande beauté. « Oui, c'est vrai, vous pourriez être mannequin » déclara la plus jeune. Et son amie d'ajouter à sa suite : « Mais peut-être est-elle mannequin ? » Les regards s'étaient tournés vers elle qui attendaient manifestement une réponse. Et Nikki répondit simplement : « Oh non. Ce n'est pas un métier pour moi. »

On aurait pu dire qu'elle avait menti. Mais non. Nikki était sincère. Elle ne pensait plus en mannequin, ne réagissait plus en mannequin, ne rêvait plus en mannequin. Elle ne savait pas encore exactement ce qu'elle était, qui elle était vraiment. Mais elle se sentait de mieux en mieux et c'était déjà un grand pas en avant. Elle fit son sac, fit son lit, et descendit vers le réfectoire pour prendre son petit déjeuner, quand son regard fut accroché par un jeune homme qui ouvrait la porte pour s'en aller. C'était celui de la veille, celui du chemin. Une émotion la saisit. Il la reconnut, lui aussi. Alors, comme s'ils se connaissaient depuis une éternité, il lui envoya son plus beau sourire et lui lança : « Hola… Buen camino... » Et puis il disparut.

Nikki resta un instant immobile, la raison embrouillée, l'émotion sur le point de la faire agir. Mais une voix l'interpella qui la ramena à la réalité. C'était l'une des sœurs. Elle l'informa que la vieille femme avec qui elle était arrivée la veille allait mieux. Qu'il lui faudrait sans doute un jour ou deux de repos et qu'elle repartirait. D'ailleurs, rien ne pourrait l'en empêcher. Elle était déterminée à aller jusqu'au bout. Elle lui apprit que la vieille femme était souffrante, et que c'est la raison pour laquelle elle avait entrepris de faire le pèlerinage jusqu'à Compostelle. Quelques instants après, Nikki fit ses adieux, et la sœur l'embrassa en lui souhaitant bon chemin. Elle lui sourit une dernière fois et lui dit : « Au revoir Nicole. »

Nikki répondit au revoir de façon spontanée, sans y penser, poussée par une pressante et inconsciente envie de reprendre le chemin. Et puis elle se retourna. Troublée par ce prénom. Ce prénom qu'elle n'avait plus entendu depuis des années. Ce prénom qu'elle avait abandonné depuis des années. Au détour d'une soirée, au détour d'une ambition, au détour de son ascension. Ce prénom vieillot que lui avaient donné ses parents. Qui était encore inscrit sur tous ses papiers d'identité. Son prénom. Qui, aujourd'hui, et d'un sourire presque maternel, la ramenait à son identité.

Il avait plu le matin et les ruelles étaient pleines de flaques d'eau. Elle avançait rapidement, les pensées embrumées, tandis que le soleil se réveillait, qui commençait à chauffer. Puis, l'horizon enfin dégagé, sans personne devant, elle repensa à son prénom, à ses parents, à son enfance. Elle se mit à marcher dans les rues de son village, à passer devant chacun des commerces. Elle repensa à la fleuriste avec qui elle avait travaillé un été. Son premier emploi. Et puis, elle réalisa que, la dernière fois qu'elle était passée, la boutique avait disparu. Elle se souvint que sa mère le lui avait fait remarquer. Elle n'y avait pas prêté attention.

Plus l'horizon se dévoilait et plus elle y pensait. Elle se demanda si quelqu'un avait pris la suite. Et elle commença à s'imaginer dans la boutique, à accueillir les gens de son village pour leur composer un bouquet. Elle s'imaginait rire avec eux comme elle avait ri cet été-là, comme elle riait avec Marie. Et, petit à petit, l'idée poussait. Elle commençait à penser à ce qu'il faudrait faire pour en vivre. Le projet la stimulait, lui donnait de la force pour avancer. Et le chemin défilait de plus en plus vite. Nikki ne sortant de ses réflexions que de temps en temps, découvrant à chaque fois une nouvelle portion d'horizon.

Plus Nikki avançait et plus l'idée de devenir fleuriste la réjouissait. Depuis toujours, elle avait été sensible aux fleurs. Et, réflexion faite, elle n'en avait que peu reçues. On lui avait offert des soirées, des voyages, des bijoux. Et surtout des paroles. Beaucoup de belles paroles. Mais peu de fleurs. Ou alors quand il était déjà trop tard. Pour se faire pardonner. Pas pour aimer.

Un détail lui revint brusquement concernant ce jeune homme qu'elle avait croisé sur le chemin, et qu'elle avait encore une fois aperçu au matin : cette petite fleur plantée sur son chapeau. Une petite fleur blanche. Comme celles qu'elle avait elle-même cueillies sur le chemin. Le rapprochement l'amusa, la troubla. Et puis, un hameau se dévoilant à l'horizon, elle replongea dans la réalité.

Il n'était pas encore midi, mais Nikki avait déjà faim. Et puis, le chemin n'était plus très long jusqu'à la grande ville-étape. Il n'y avait aucune raison de se presser. C'était aussi une façon de repousser l'heure de l'arrivée, l'heure des choix. De prolonger l'expérience et l'insouciance. Nikki s'approchait quand, tout à coup, son regard fut accroché par trois personnes assises autour d'une table. Nikki n'avait pas encore bien réalisé que la jeune femme assise se leva d'un bond pour aller à sa rencontre : « Nikki, Nikki ! ». C'était Marie !

Quelle surprise, quelle émotion ! Une révélation, une vraie libération. Nikki accéléra le pas pour aller à sa rencontre, et les deux amies tombèrent dans les bras l'une de l'autre. Et Nikki serra Marie comme jamais elle ne l'avait serrée. L'émotion prit alors le pas sur les pensées, qui lui fit avouer : « Oh Marie, tu m'as tellement manqué… tu m'as tellement manqué... » Et, la regardant dans les yeux : « je suis si heureuse de te retrouver… ma Marie… ma belle Marie... » Elles se serrèrent dans les bras comme si le reste du monde n'existait pas, et laissèrent un moment leurs cœurs battre l'un contre l'autre.

Les deux amis de Marie, qui se souvenaient de leur première expérience avec la furie, se demandaient à quoi il fallait s'attendre avec Nikki. Mais la jeune femme qui se tenait face à eux n'était plus la même. Celle-ci était rayonnante, avenante, prévenante même. Elle rayonnait et partageait ses vivres avec générosité. Elle souriait, riait. A Marie, à ses deux amis, à tous les regards qui la croisaient. Sans se soucier de ses mèches pendantes sur son visage. Sans se soucier de son image. Nikki et Marie se racontaient leurs derniers jours passés comme si cela faisait une éternité, s'exclamant et riant de plus belle à chaque aventure traversée. Le petit groupe rayonnait et sa joie de vivre se communiquait à toutes les tables, jusqu'au bord du chemin où on se laissait attirer, un grand sourire aux lèvres.

Les quatre joyeux compagnons reprirent alors la route, les deux garçons devant, les deux filles derrière, en retrait, plus complices que jamais. Marie avoua que les choses avaient avancé, que le jeune homme, là devant, lui plaisait de plus en plus. « C'est merveilleux, Marie, c'est vraiment merveilleux ! » La sincérité de Nikki touchait Marie qui ne cessait de se laisser aller à son bonheur. Elle avait l'impression d'avoir retrouvé la sœur avec laquelle elle avait grandi. Elle pouvait à nouveau tout lui dire. Elle était redevenue sa première confidente. Sa première dame de confiance. Et, à ce titre, elle ne souhaitait pas moins de bonheur à Nikki. Elle voulut savoir si, elle aussi, avait fait une belle rencontre sur le chemin. Et, à l'appui de sa question, comme s'il ne pouvait en être autrement, elle lui confia avec enthousiasme : « Tu es tellement radieuse Nikki ! Si, si je t'assure. Tu as toujours été belle, mais là, c'est différent, tu es radieuse, vraiment radieuse ! »

Il est vrai qu'un agent aurait croisé Nikki sur le chemin, il l'aurait tout de suite repérée et embauchée, tout de suite faite défiler, voyager, s'envoler. Elle était si belle désormais. Si belle au naturel. Nikki remercia Marie, et lui répondit simplement : « Je crois que je vais arrêter. Défiler, vendre son image, je crois que ce n'est pas fait pour moi. Il est temps que je passe à autre chose... » Marie comprenait. Et, continuant à marcher, Nikki se contenta de répéter ce que tout le monde sur le chemin savait désormais : « Il faut faire ce qui plaît… assumer qui l'on est… c'est la seule façon d'être heureux... »

Après plusieurs jours de marche dans le désert, l'idée était revenue, et s'était imposée. Être heureuse. Être aussi heureuse qu'enfant. Être fleuriste, faire le bonheur des gens, être utile l'espace d'un instant, le temps que dure le temps. Vivre dans l'enthousiasme, dans l'élan. Amoureuse et amante de la vie. Et avoir un mari, une famille, des enfants. Et ensemble rire, construire, rayonner. Donner espoir à ceux qui viennent d'arriver, redonner espoir à ceux qui sont prêts à se décourager. Sans chercher à l'imposer, sans chercher à s'imposer. Juste par l'exemple. Une idée simple. Qui pousse en chacun. Et qu'il suffit d'accueillir, de laisser fleurir.

Nikki continua de s'ouvrir et dit à Marie : « Tu te souviens quand, toutes petites, on jouait sur le muret ? » « Oh oui, je me souviens », lui répondit Marie, si heureuse que son amie lui rappelle ce beau souvenir en commun : « On allait cueillir des fleurs dans nos jardins… et puis on jouait à la fleuriste... » « Et puis, au fait… oui, c'est vrai ! ajouta Marie en y repensant, tu as été fleuriste au début… si, si , je me souviens, tu as fait ça pendant un été… et même que tous les garçons du village étaient amoureux de toi… ils allaient acheter des bouquets à la fleuriste rien que pour toi… ça a dû être sa meilleure saison ! » Alors Nikki et Marie rirent joyeusement, comme si le temps n'avait pas passé. Et Marie ajouta dans l'élan : « Tu n'as qu'à devenir fleuriste ! » Et Nikki répondit innocemment : « C'est vrai, pourquoi pas... »

Le chemin se poursuivit en amis, les faubourgs de la ville-étape déjà en ligne de mire, l'agitation urbaine perçant déjà de toutes parts. Chaque pèlerin s'y dirigeait de façon mécanique, le regard clair. Approchant de trottoirs en trottoirs, de rues en rues, avalant la ville dans toute sa vérité. Posant un œil neuf sur qui devient par la force de l'habitude information au service de l'action. Information invisible au service de nos intentions. A l'attention de nos émotions. Faux bonheur et vraie manipulation. Et puis, la foule grossissant, les esprits libres se dispersèrent et disparurent. Pour mieux se retrouver dans le même quartier. Le quartier des auberges et des voyageurs. Le quartier des cafés et des rires. Le quartier de l'émotion et des passions, de l'amitié et de la fraternité. Le vieux quartier qui vit au pied de la grande flèche pointée vers les étoiles. La cathédrale.

C'est là que Nikki, Marie et ses deux amis finirent la journée. Attirant à elles les bonnes surprises. Accueillant tous les événements de façon bon enfant. Se laissant attirer par les odeurs et la bonne humeur, s'arrêtant un instant pour boire avec un groupe de passants, un instant manger avec un autre. S'ouvrant aux rencontres et aux rires. Sans armure et sans défense. Et pourtant protégés par leur visage rayonnant, leur charme naturel. Qui les entraîna dans la mélodie de la rue, dans la mélodie de la danse. Qui entraîna bientôt toute la rue à danser et à chanter. Dans un grand élan de joie. Un simple élan de vie.

Ce soir-là, Nikki et Marie s'endormirent en se regardant et en riant. Comme quand elles étaient enfants. Heureuses de s'être retrouvées. Heureuses de vivre. Ni plus ni moins. Sans difficultés ni pour s'endormir ni pour rêver. Nikki put alors replonger dans l'autre réalité. Elle était fleuriste, dans un petit village. Les enfants jouaient dans la rue, dansaient et chantaient. Elle souriait et elle riait. Un homme se tenait devant sa boutique qui, lui aussi, dansait et chantait, un bouquet de fleurs blanches à la main. Reprenant avec entrain un refrain : « Hola, buen dia ! »

9.

Le neuvième jour, Nikki et Marie furent réveillées par le jour comme deux roses par le printemps. S'illuminant sans espoir ni plan. S'ouvrant au présent dans toute la beauté du mouvement. C'était le jour du départ. Le jour des au revoir. Mais ni Nikki ni Marie ne paraissait s'en préoccuper, qui prirent ensemble un moment pour se sourire, pour échanger quelques mots, rire et, d'un même élan, se lever. Leurs sacs étalés à leurs pieds, elles en sortirent des vêtements propres. Elles avaient envie de se sentir bien dans leur peau. Bien dans leur nouvelle peau.

Surprise par le miroir en sortant de la douche, Nikki se rapprocha sans se reconnaître. Sa peau était fraîche et colorée, son regard profond. Presque transparent. Toute marque des épreuves du chemin avait disparu. Toute marque des épreuves de la vie s'en était allée. Un nouveau visage s'offrait à la vie. Alors elle se fit un sourire et, aussitôt, se reconnut. Se reconnut quand elle était enfant. L'âme légère et généreuse. Capable de voler et de s'envoler. Capable de s'offrir et de donner. Un sentiment de félicité monta en elle. Qu'elle savait maintenant être le grand secret. Nikki avait disparu. Nicole était revenue.

C'est à ce moment-là que deux filles déboulèrent dans la pièce, sans aucune retenue, qui se précipitèrent à côté de Nicole, face au miroir. Déjà apprêtées de tous leurs vêtements colorés, elles sortirent deux grosses trousses de toilette et commencèrent à se refaire une beauté. Ne prêtant pas attention à Nicole, ne prêtant attention à personne. S'interpellant et rigolant à chaque message qu'elles recevaient sur leurs téléphones, qui ne cessaient de clignoter et de vibrer. Bruyamment. Nicole resta un instant sans bouger, à les observer, voyant tout ce qu'elle avait été. Constatant tout ce qu'elle n'était plus. Tout ce qu'elle ne serait plus. Les deux filles, se sentant observées, la regardèrent de travers. Alors Nicole leur offrit un sourire plein de bonté et sortit, sans se retourner.

Une fois prêtes, elles décidèrent d'aller visiter la cathédrale. En sortant, elles furent prises par la froide humidité des pavés encore mouillés qui, au gré des rayons du soleil, exhalait les mille odeurs enfouies de la cité. On avait lavé à grande eau, et cela ne sentait pas forcément bon. Mais Nicole et Marie étaient heureuses. Heureuses et insouciantes. Remontant le courant en s'étonnant de tous ces gens qui, à peine levés, courent déjà s'asseoir, se plier, en portant sur le dos leurs gros sacs d'ambitions et de problèmes. Le visage propre mais terne. Le regard blême.

La cathédrale leur apparut au bout de la rue, sous la forme d'un grand mur sculpté, laissant percer une grande porte entrouverte. Avec le soleil montant, chaque détail s'illuminait, avant de progressivement disparaître dans la clarté. Un détail après l'autre, le grand conte s'offrit en entier. Racontant la grande histoire de l'humanité. Des siècles de vie, la transformation d'une architecture, la transformation d'une cité. Une transmission, un héritage. La marque du temps. Et toujours la même humanité. Qui cherche le chemin pour s'élever. Pour conquérir sa destinée. Avoir la conscience et les idées claires. En harmonie avec les sens. En harmonie avec l'expérience.

Les oiseaux étaient nombreux, qui se perchaient tantôt sur la tête d'une gargouille, tantôt sur la tête d'un saint. Jouaient à dessiner de nouvelles constellations, sans laisser trace de leur passage. En s'évaporant aussitôt dans le mouvement. Puis, un oiseau entra dans la cathédrale, que Nicole et Marie suivaient du regard. Et alors elles le suivirent. Elles furent accueillies par le soleil qui perçait à l'intérieur. Avait transformé le chœur en une grande arche inondée des couleurs de la vie. Quelques vieilles dames étaient déjà là, qui se laissaient tranquillement baigner. Caressées par le calme et la paix. Sensibles à la moindre caresse. Au moindre signe de tendresse.

Puis ce fut le moment du récital de l'oiseau qui cherche la lumière du jour. L'oiseau qui, cherchant un passage pour s'échapper de la caverne dorée, se mit à piailler de tous côtés en attirant tous les regards vers le haut. Forçant tout le monde à abandonner ses pensées, à s'extraire de son état de conscience et à se libérer. Le combat dura un petit moment, qui résonnait de plus en plus fort sous les coupoles aux peintures décolorées. Libérait petit à petit les sourires et les rires étouffés. Libérait en silence le visage de l'innocence. Et puis l'écho disparut. D'un trait de fusée, dans le recoin percé d'un vitrail doré. Et Nicole et Marie se dirigèrent vers la sortie. Pleines de grâce et de joie.

Parfois les regards qui flottent tombent sur une scène d'enfants. Ils se laissent distraire et rapidement se laissent envoûter. Redécouvrent d'un coup le charme de l'innocence. Toute la beauté d'un visage qui se moque de son image. Toute la beauté d'un corps affranchi de l'emprise de l'esprit. Et puis ils se détournent avec mélancolie comme on se détourne du paradis perdu. Sauf quand ils croisent un enfant devenu grand, un grand enfant. Qui les réveille et leur donne envie de rire, de danser, de chanter. De revivre et d'aimer. Comme Nikki et Marie ce matin-là, qui traversèrent la grande place en attirant tous les regards. En allumant tous les espoirs.

Il était maintenant l'heure d'écrire des cartes postales. D'envoyer un sourire à ses amis et à ses parents. En entrant dans une boutique, Nicole et Marie découvrirent un arsenal de souvenirs auxquels elles n'auraient jamais pensé. Des T-shirts et des casquettes, bien-sûr, des bâtons et des gourdes de pèlerins, forcément, et puis tout un tas de choses toutes plus drôles les unes que les autres. Mille gadgets avec lesquels on s'amuse avant de les reposer dans un grand rire. Et puis mille friandises sucrées, en hommage à la ville-étape. Des friandises auxquelles on finit souvent par succomber. Juste pour goûter. Et croquer un peu de l'atmosphère locale. Nicole et Marie hésitèrent, faillirent se laisser tenter. Et puis, non. Elles se contentèrent de prendre des cartes postales.

L'une et l'autre était sur le point de payer, quand Nicole aperçut des T-shirts accrochés un peu à l'écart. Le commerçant, vif comme un renard, lui dit d'en profiter : « Ce sont les derniers. Je vous fais un prix. » Nicole fit un écart, s'approcha et en déplia un. Une jolie petite rose était plantée en plein cœur. Le regard de Nicole s'illumina. Elle demanda à Marie d'approcher : « Il est beau, tu ne trouves pas ? » Et, avant que Marie n'ait eu le temps de répondre, elle déclara : « J'en prends deux. Un pour toi, un pour moi. Viens on va l'essayer. » En les voyant réapparaître, le commerçant fut désarmé, incapable de ne pas céder. Il leur fit d'abord moitié prix et puis, finalement, il leur offrit. Quelques instants plus tard, les deux amies sortaient de la boutique en arborant deux belles roses sur le cœur.

Alors Nicole et Marie trouvèrent un endroit pour s'asseoir sous les colonnes, sur les marches bordant la grande place, et elles se mirent à écrire. Regardant de temps en temps dans le vide, cherchant leurs pensées, cherchant le mot juste. Jusqu'à ce qu'elles soient inspirées. Nicole n'avait qu'une carte à écrire. Elle s'était rendu compte qu'elle n'avait personne à qui écrire. Personne à qui écrire à part Marie, son amie, qui était avec elle. Plus personne à qui écrire à part ses parents. Dont elle n'avait pas eu de nouvelles depuis longtemps. Dont elle n'avait pas pris de nouvelles depuis longtemps. Maintenant, elle aurait voulu leur dire tant de choses. Mais elle n'avait que quelques lignes.

Maman, Papa,

Je suis avec Marie, mon amie d'enfance. On jouait ensemble dans le jardin. Vous souvenez-vous ?

Nous sommes parties ensemble sur le chemin de Compostelle. Nous nous sommes retrouvées. Je suis heureuse.

En marchant, j'ai pensé à toi, papa, qui me faisait voler dans tes bras et à toi, maman, qui me suivait du regard en souriant. Vous me manquez.

J'ai décidé de changer de vie, d'être moi-même. Je vous dis à bientôt.

Je vous aime

Votre fille

Nicole

Nicole se retourna ensuite vers Marie, et la regarda écrire en souriant. Au bout d'un moment, Marie releva la tête en fixant Nicole : « Quoi ?... tu médites ?... » Cela fit rire Nicole. Et puis, elle lui dit avec tendresse : « Marie, je t'aime ». Marie posa son stylo et la carte qu'elle écrivait et enlaça tendrement Nicole. « Moi aussi je t'aime Nikki... » « Appelle-moi plutôt Nicole, tu veux bien ?.. » « D'accord ! Alors, oui, Nicole, moi aussi je t'aime ! » L'emphase de Marie les fit rire. L'amitié avait grandi pendant des années et, aujourd'hui, elle s'était avouée. En pleine conscience. Elles surent à ce moment-là qu'elles ne pourraient plus jamais être séparées, que plus rien ni personne ne pourrait jamais plus les séparer. Car, l'une et l'autre épanouies, elles ne changeraient plus. Resteraient toujours fidèles à elles-mêmes.

Elles retournèrent à l'auberge où les deux garçons les attendaient, près de l'accueil. Un instant après, tous les quatre étaient partis, en direction de la station de bus. Le cœur et l'esprit léger. Heureux comme quatre étrangers sur un chemin familier. De tous côtés, les habitants gesticulaient, les bruits de voitures et de camions s'imposaient. Dans une cacophonie de plus en plus vive de bruits et de sons. Dans une effroyable cacophonie d'émotions et d'ambitions. Qui piquèrent Nicole et Marie au cœur. Marie et son compagnon se prirent la main et continuèrent à marcher avec le même entrain. Faisant déjà au fond d'eux des projets pour le lendemain. Tandis que Nicole remit instinctivement ses pouces dans ses sangles, pour continuer à avancer, le regard clair jeté en avant.

Une dame leur fit soudain signe de l'autre côté du trottoir. Qui les interpellait et leur indiquait une autre direction. Spontanément, Marie et ses deux compagnons firent de grands gestes pour manifester qu'ils n'étaient pas perdus, qu'ils avaient compris, mais qu'ils allaient de l'autre côté. Nicole regarda quand même dans la direction indiquée, jusqu'à un carrefour très animé. Une silhouette se détachait. Par sa posture, par son pas, par son rythme. Son élan. A la fois lent et puissant. C'était la silhouette d'un marcheur, avec un bâton et un petit sac à dos. La silhouette d'un vagabond. Arborant un chapeau, avec une petite fleur blanche au sommet.

Nicole reconnut le jeune homme qu'elle avait croisé sur le chemin. Le pèlerin qu'elle avait croisé à la sortie du couvent. Le vagabond à la petite fleur blanche. Nicole regardait dans sa direction, comme aimantée, quand leurs deux regards s'accrochèrent au milieu du tourbillon. Les transportèrent en un instant sur le chemin, dans le désert, au milieu de rien. Au milieu de rien et pourtant si biens. Ils se sourirent et le jeune homme s'arrêta. Juste à côté d'une petite flèche jaune. Une petite flèche invisible qui indiquait la direction. Une émotion saisit Nicole. Et, sans qu'elle sache pourquoi, elle sut que son chemin n'était pas fini. Que le chemin était là, qui l'appelait, et lui disait d'avancer vers l'inconnu.

Marie se retourna vers Nicole qui s'était arrêtée et lui lança : « Nicole, tu viens ? » Nicole, qui semblait sortir d'un rêve éveillé, mit un instant à reprendre contact avec la réalité. Elle vit le visage souriant de Marie, le visage souriant de son compagnon. Et, l'instinct parlant, elle leur dit : « Il faut que j'aille jusqu'au bout du chemin. Je vais continuer. Vous comprenez ? » Alors le couple, qui n'avait besoin d'aucune autre explication, prit Nicole dans les bras sans chercher à la retenir, lui sourit et lui dit à bientôt. Lui souhaita de tout son cœur « buen camino ».

Et, c'est là que le grand miracle se répéta. Deux inconnus se dirigèrent l'un vers l'autre comme deux forces s'attirent l'une vers l'autre, en s'abandonnant complètement. Déchirant le voile de la réalité pour laisser percer le spectacle de l'éternité. La nature dans toute sa beauté. Dans toute sa simplicité. Au coin de la rue, au bord du chemin. Au milieu du grand tourbillon urbain, au milieu de rien. Sous le regard ému de Marie et de ses deux amis qui en furent les seuls témoins. A l'exception d'un enfant traîné par la main. Le regard encore transparent.

« Je m'appelle Nicole » dit-elle simplement.

Et alors une main se tendit, et un couple fila. Qui rayonnait déjà dans l'infini. Rayonnait la beauté et la vie. Rayonnait l'amour de la vie.

Le neuvième jour de la belle des belles.

Le premier jour de Belle.

Table des matières

www.ingramcontent.com/pod-product-compliance
Lightning Source LLC
Chambersburg PA
CBHW051258170626
46809CB00004B/1701